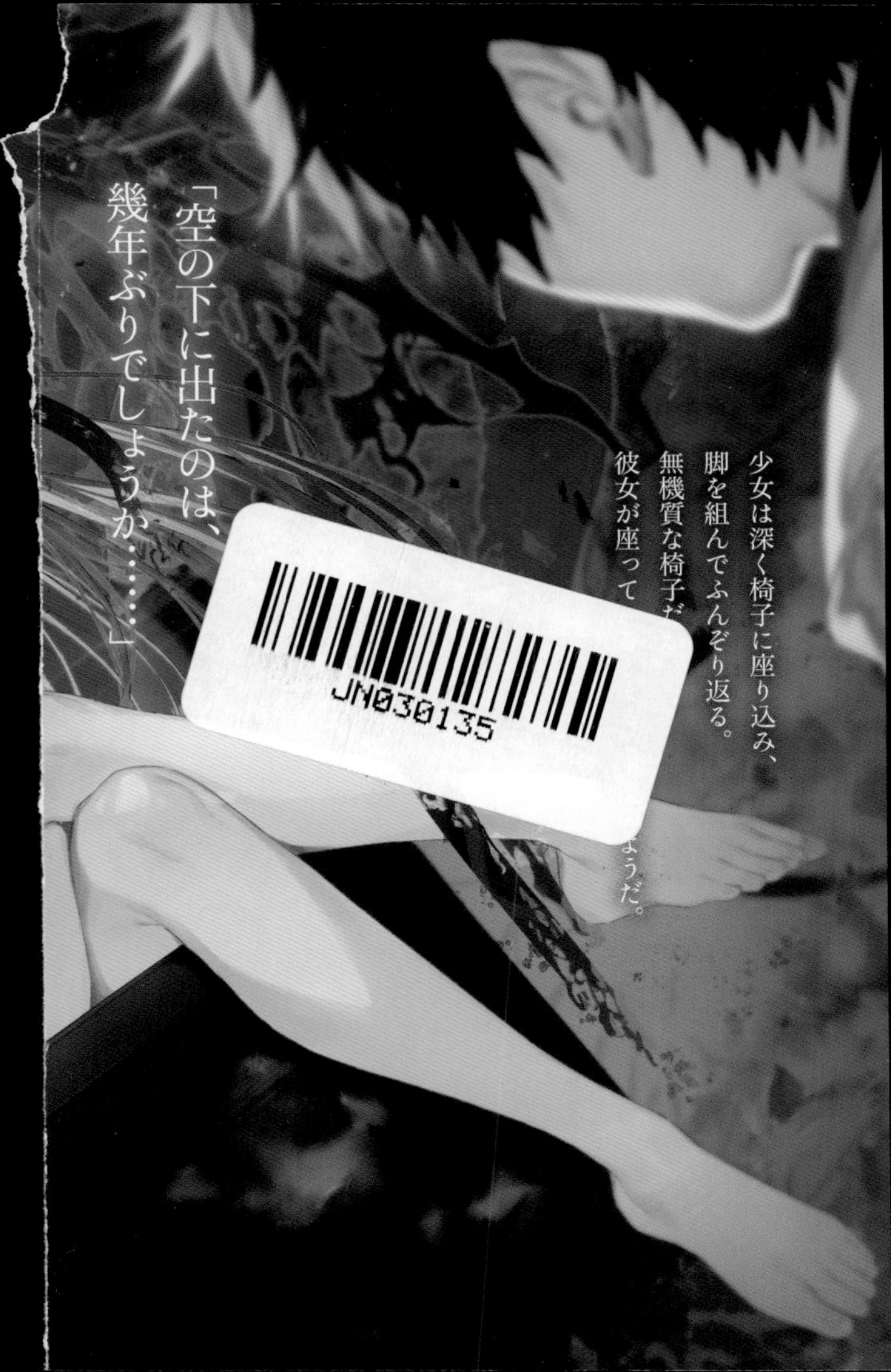
少女は深く椅子に座り込み、
脚を組んでふんぞり返る。
無機質な椅子だ
彼女が座って
ようだ。
「空の下に出たのは、
幾年ぶりでしょうか……」

「世界一の美少女マリーちゃんがきてあげましたよー！」
「ま、女の子には秘密がいっぱいという事だな」
生徒会長
緋田蘭子《あけだらんこ》
Ranko Akeda

Ryunosuke Dazai
高校生
太宰龍之介《だざいりゅうのすけ》
絶世の美少女
涼・ヴラド・真理《あばら・ヴラド・まり》
Mari Vlad Abara

夜の闇の中、
外灯の薄明かりに照らされた竜の少女を見て、
彼女の持つ危うい美しさに
龍之介は息を呑んだ。

BRIDE ON
断頭台の花嫁
THE GUILLOTINE
世界を滅ぼす
ふつつかな竜姫《わたし》ですが。
Ragnarok:
《DRAGON》 Factor

「私は――
この星の頂点捕食者《エイペックスプレデター》です」
「俺は！　お前を！　救う――」
《竜》の少女
伊良子燐音《いらこりんね》
Rinne Irako

断頭台の花嫁

世界を滅ぼすふつつかな竜姫《わたし》ですが。

紫 大悟

ファンタジア文庫

3239

口絵・本文イラスト　かやはら

Daigo Murasaki

ILLUSTRATION
Kayahara

CONTENTS

BRIDE ON THE GUILLOTINE

Ragnarok:
《DRAGON》Factor

プロローグ　揺籃《ようらん》ギロチニズム

『判決。呼称番号FF03－100、伊良子《いらこ》燐音《りんね》を死刑とする』

静かに、淡々と、そして事務的に、その判決は下された。

薄暗く、広く、無機質な法廷には、被告人を見下ろすように席が備えられており、そこには亡霊のように、投影体《ホログラム》の七人の裁判官《おとこたち》が座っている。

それは法廷というよりも、まるで悪の組織や秘密結社といった存在の会議風景だ。

男の中の一人が重々しく口を開き、低い声で続ける。

『それが枢機会議の決である』

おおよそ、不当な裁判であった。

検事は不参で、弁護士も不在。

いるのは七人の裁判官と一人の被告人、それと一人の傍聴人だけだ。

異議は認められず、待つ事も許されず、ただ結果を突きつけられるのみ。

現代日本を構成する三つの力の一角、司法を完全に否定するその言葉は、しかしこの場に限り司法よりも上位の重みを持っており、この判決が逆転する事もない。

「……」

法廷の中心で死を宣告された被告人は、透明な牢獄《ろうごく》の中で目と口を閉じ沈黙している。

不服を唱える事もない。

否《いな》、唱えられないといった方が正しい。透明な壁の向こうは、マイナス六〇度の極寒。

人が生きるには、あまりにも過酷で小さな地獄。だがしかし、被告人は未《いま》だにその生命活動を続けていた。人が生きられない場所で生きている、であれば——そこで生きる者は人ではないという事になる。

事実、被告人は人間に存在しない器官を有していた。人間には絶対に存在しないはずの器官がある。とすれば——やはり人間ではないのだろう。

そんな凛冽《りんれつ》な部屋に封じられた被告人には、判決を聴くことすら許されない。

被告人は女性——それも十代半ば程の少女であった。

日本国憲法であれば、少年法によって保護されるのは間違いない年齢である。

長く美しい髪に、整った顔。魂をも凍らせるような空気の中であっても穢《けが》れなく秀麗な様は、まるで雪中の氷像のようだ。

少女が身に纏《まと》うのは、各所にベルトが付けられた拘束衣。尊厳や自由といったもの全てを抑えつけられている。

さながら氷の牢屋に幽閉された姫君。

それでも彼女の美しさは損なわれる事なく、そして抑えつける事などできなかった。

だがしかし、人の身でありながら——彼女はどうしようもなく竜だった。

「待ってください！」

ただ一人の傍聴人——白衣の少女が亡霊達に向かって口を開いた。

「もう少し、もう少しだけ時間をください！」

白衣の少女の声はまるで悲鳴。声を出せぬ竜の少女の代わりに、白衣の少女が悲痛な声を上げている。

しかし、男の声は彼女の悲痛さなど意にも介さない。

「緋田《あけだ》君、暴走時の破壊規模の試算は確か君達が行ったそうだね」

「その通りです」

「その被害は主要二十か国の文明維持を困難なものとする、と。現代文明の完全なる崩壊、それは枢機会議が定めた人類滅亡の定義に当てはまるものだ」

「……それは……」

「彼女が我々にとっても有益かつ貴重な存在だというのは十分理解しているし、これが人道に背く恥ずべき行為だという事も重々承知している。貴重な因子持ちを一つ失う事で、《特災研》《われわれ》が《オーダー》《かれら》に水をあけられるという事もな」

だが、と続ける。

「我々は目先の利益よりも、一個人の生き死によりも、人類の存続を最優先にしなければならないのだよ。尊く若い命を犠牲にする以上、世界を守る義務が我々にはある」

「……」

白衣の少女は沈黙した。

彼女も、己の感情はともかく男の言っている事は正しいとわかっているからだ。

「もっとも、この滅びを回避できる奇跡でもあれば話は別ですがね」

別の男が発した言葉は、文字通りの軽口だ。奇跡など、起こるはずがないのだから。

「奇跡……」

白衣の少女が呟《つぶや》いた。

「それは例えば、《聖印《リング》》を所持する者が現れたら、という事でしょうか」

その言葉に、失笑が起きた。

「ハハッ、《聖印《リング》》。蓬莱《ほうらい》の玉の枝を見つけるよりは現実的ですが、奇跡というのは起こらないから奇跡です。君ともあろう者が奇跡に縋《すが》るとは言いませんよね？」

少女は沈黙する。

「他に異議申し立てがないのであれば――」

異議など、出ようはずもなかった。

「現時刻から二十四時間以内に身柄を移送、『断頭台』にて刑を執行するものとする」

言葉の後、一瞬の静寂。

『断頭台』……ですか」

男の一人が重々しく口を開いた。まるでそれが忌《い》むべき物であるかのように。

「いやはや、年端《としは》も行かぬ少女をあんな所に送るのはなんとも心が痛みますな」

「しかし慣習とはいえ『断頭台』は名称がやや物騒ではありませんか？」

「欺瞞《ぎまん》だろう、誰に向けた配慮かね。やる事は変わらないのだからな」

竜の少女を労《いたわ》るような言葉は、しかし決してこの決定を覆《くつがえ》そうとするものではない。

「それでは。以上、解散」

亡霊達が一斉に姿を消し、暗い部屋に二人の少女が残される。

白衣の少女はその場に膝から崩れ落ちる。

透明な壁に縋り付くように、その向こう側、青白い薄明かりに照らされている竜の少女に白衣の少女が懺悔《ざんげ》する。

「すまない……すまない燐音。私では、君を助けてあげられなかった……」

嘆きの声は届かず、しかし断頭台への足音は刻まれる。

第一章　第三種クロースエンカウンター

理不尽な夢を見ている。

「私の分まで、たくさんの人を助けてあげてね」

その言葉は願《のろ》い。

「約束だからね」

赫赫《かくかく》と燃え盛る炎の中でそう言い残し、竜《かのじょ》は死んだ。

彼にもっと力があれば、竜《かのじょ》を助けられただろうに。そんな後悔だけが、拭えぬ汚れのようにべったりと心の奥底にへばりついている。

弱々しく、燻《くすぶ》るように、あるいは形見のように、左手で光が明滅する。

竜《かのじょ》が命を散らしてまで、彼と不死鳥《かのじょ》の命を守ったというのに、しかし炎は容赦なく二つの命を焼くように盛り、上がる。

空気がコールタールのような粘性を帯び、全身に纏わり呼吸もまともにできない。
ただ、瞼《まぶた》の裏で真夏の昼の空のような怒りが燃え続けている。
叫ぼうにも喉が、肺が焼け、逃げようにも右腕は動かず、両足の感覚はとっくにない。
竜《かのじょ》が消えた目の前の炎に、その命は音無き慟哭《どうこく》を上げるしかできない。
「彼女の願いを遂げる為《ため》にも、君は死んではいけない。だから」
竜《かのじょ》に守られたもう一つの命、不死鳥《かのじょ》が囁《ささや》く。
朦朧《もうろう》とした意識の中、唯一動く左手を伸ばす。
伸ばした左手薬指に熱が増し、全てが朱に染まる世界で褪《あ》せる事なく光り輝いている。
光は焔《ほのお》のように立ち上り、左の薬指を燃やしていく。
「だから――[redacted]しよう」
その左手を、不死鳥《かのじょ》の罪に押し付けた。

◆

そうして少年は目を覚ました。

「……んがっ、寝ちまってた」

口の端から垂れていた涎《よだれ》を手の甲で拭う。

夢の内容は起きた瞬間にはいつも忘れている。

だが、いつもと同じ夢だという感覚だけはハッキリと残っていた。

やや長い前髪で、鋭い目付きをしたその少年は現在、生徒会室にいた。

パイプ椅子に座り、長机に突っ伏して寝ており、頬に自分の腕枕の跡が残っている。

「会長は……まだ時間あるな」

数世代前の型落ちスマートフォンで時刻を確認した少年は、一度大きく伸びをしてから立ち上がり、準備を始める。

都立西九重《にしここのえ》高校の生徒で、生徒会メンバーの顔と名前が一致しない生徒はそれなりの数がいるだろう。生徒会選挙で誰が立候補して誰が落ちて誰が当選したという事に全く興味がなく、なんなら生徒会長の名前すら覚えていない生徒も多くいる。

「いいぞ……膨らんできたな……」

しかし、生徒会長の名前を知らなくとも、生徒会副会長であるその少年の名を知らない生徒は、一人の例外もなくこの学校には存在しない。

「あぁ……すごくいい……」

入学式から約一ヶ月が経過し、五月。

その一ヶ月と少しで新入生全員に名を覚えられている高校二年生。

「仕上がってきている……」

その生徒会室の扉が、長い金髪を二つ結びにした少女によって勢いよく開かれた。

「御機嫌ようでーす生徒会のみなさ～ん！　今日もしょぼくれてますか～？　世界一の美少女マリーちゃんがきてあげましたよー！」

明朗でよく通る美しい声が狭い生徒会室に響き渡る。

中央には書類の散乱した長机、その周りにはパイプ椅子が置かれ、スチールラックにはいくつものファイルが納められ、扉から見て正面奥には青のマジックで予定が書き込まれたホワイトボードがある。

パイプ椅子の背もたれにはワイシャツ、ネクタイ、ブレザーが引っ掛けられている。

そして生徒会室の奥に置いてあるスタンドミラーの前に、少年は立っていた。

その少年の名こそ――。

「太宰《だざい》龍之介《りゅうのすけ》先輩……何してるんですか……？」

程よく盛り上がった三角筋、形を誇示する大胸筋、引き締まった腹斜筋、綺麗《きれい》に割れた腹直筋、制服を脱いで裸になり、鍛えられた上半身を惜しげもなく外気に晒《さら》しながらポーズを決める少年、それこそが太宰龍之介その人であった。

「きゃ――――――――――――！」

「先輩が悲鳴あげるんですか⁉　こういう時はマリーの方じゃないんですか⁉」

先手を取られて野太い悲鳴をあげられて戸惑う少女に龍之介は、

「……確かに、それもそうだな」

と言って頷《うなず》いた。

「いつも言ってるが扉開ける前にノックしろよな、涼《あばら》」

「もー、また涼って呼ぶし。マリーの事はマリーって呼んでって言ってるでしょー？」

「俺の名前をフルネームで呼ぶのをやめたら考えるわ、涼・ヴラド・真理《まり》副会長補佐」

「太宰龍之介先輩がマリーをマリーって呼んでくれないから敢《あ》えてフルネームで呼んでるんですー。先輩がマリーって呼んでくれたらなーんでも言う事聞いてあげるのにな～」

「呼ばねーよ。とんちきな名前しやがって……」

「はぁ～⁉　太宰龍之介だってめっちゃ文豪みたいな名前じゃん！」

唇を尖《とが》らせてぶーぶー言いながら、後ろ手で扉を閉める少女——真理は嘘《うそ》みたいに煌《きら》めく黄金の髪の一房を払う。

二年の龍之介と一年の真理は先輩後輩の関係であり、生徒会の仲間でもある。

真理は美しい少女だ。絶世を美少女の枕詞《まくらことば》とするに、全く差し支《つか》えない程に。

冗談みたいに澄んだ瞳が窓から差し込む五月の夕陽《ゆうひ》を受けてエメラルドのように煌めき、馬鹿みたいに綺麗な顔は、精巧にカットされたダイヤモンドよりも整っている。そんな宝石のような彼女の美貌に魅了された者は数多い。

着崩したブレザーの制服、首に巻いたチョーカー、短いスカートから伸びるすらりとした長い脚、ただそこにいるだけで光り輝くような、華やかな存在感を放つ存在。

なのだが——今この場においては半裸の男の方がどうやっても存在感は強い。

「んで、何やってたんですか？　上半身裸になって」

真理は言いながら中央に置かれた長机に鞄《かばん》を置くと、鞄に付けられたピンク色の兎《うさぎ》のような謎生物のキーホルダーが擦《こす》れて音を鳴らした。そのままパイプ椅子に腰掛ける。

「何って、筋肉のチェック、だが……？」

言って龍之介はパイプ椅子の背もたれに掛けたワイシャツを手に取る。

「ええ……？　なんで……？　筋肉……？　当たり前だろ？　みたいに言わないで……」

「涼だって化粧を直したり鼻毛のチェックくらいするだろ？　それと一緒」

「まあそりゃす……いやマリーくらいの美少女になると鼻毛なんか伸びませんけど⁉　後全然一緒じゃないし！　まあ確かに思ったよりいい身体《からだ》なのは認めますけど」

「後はそうだな……ほら、涼みたいなか弱い女子がクマに襲われている時に筋肉付けてりゃいくらか助けになるだろ、備えあれば憂いなしってやつだな」

「いくら筋肉付けても人間がクマに勝てるわけないじゃないですか。まあマリーは指先一つで倒しちゃいますけど。ていうかなんでクマ？」

「この辺出るからな、クマ」

「ここ一応東京ですよね？」

言いながら真理は、ワイシャツに袖を通している龍之介をしげしげと眺める。

「脱ぐと結構いい身体してますけど先輩って部活とかやってませんよね？」

「ん？　うん。たまーにヘルプで呼ばれる事はあるけど。だが部活はやってないとはいえ俺だって男児の端くれ故、格闘技は齧《かじ》ってるぜ——通信空手をな」

言いながら、片足立ちになり、ポーズを決める。

「それカンフーのポーズじゃ？　それにしても通信空手って……ドヤ顔で言うようなもんなんですか？」

太宰龍之介という人物を知る者は口を揃《そろ》えてこう言うだろう、変人だと。

やれひったくり犯を捕まえただの、やれ他校のヤンキーに絡《から》まれていた生徒を助けに入っただの、やれ校内で起きていたいじめの現場を押さえて主犯と喧嘩《けんか》になってプールに投げ込んだだの、彼に付いて回るエピソードは嘘や真実、誇張や憶測が入り混じり、最早《もはや》何が本当なのか誰もわからなくなっていたが、そういった尾鰭《おひれ》の付いた噂《うわさ》自体が太宰龍之介という男の異質さを物語っているといえよう。

誰が呼んだか、ついた二つ名が『西九重のドラゴン』。

勿論《もちろん》本人はそんな二つ名ダサすぎて今すぐ返上したがっているのだが。

「なんで先輩、通信空手なんてやってるんですか？」

「格闘技はやりたいけどジムに通う余裕はない……となれば通信空手だろうが！」

「はぁ……なんでこんな人好きになっちゃったんだろ……」

真理は聞こえない程に小さな言葉を、口の中で呟《つぶや》いた。

「あん？　何か言ったか？」

「別に何も。ねー、太宰龍之介先輩、今度マリーが休みの時サブロー軒行きましょーよ」

「えー……どうしようかな」

「行きましょーよー美味《おい》しい豚とニンニクとアブラに野菜もとれる完全食ですよお」

真理はジリジリと龍之介を部屋の隅に追い詰め、彼の腕に纏《まと》わり付く。

「な、なんだよ、くっつくなや！」

「普段あんなんなのに変なところで女子に対して免疫ないですねえ。そうやって顔赤くしてるとマリーなんだか楽しくなってきちゃいました」

顔を赤くする龍之介に対し、にやにやと真理は悪魔の笑みを浮かべる。

「おい！　や、やめろ涼！」

「ふふふ、通信空手とやらでマリーを払い除《の》けたらいいんじゃないですかー？」

「ぃやめろぉぉぉ――――！」

真理が龍之介のワイシャツの胸元に指を掛けたその時、生徒会室の扉が開かれた。

そこにいた人物は二人。

「何をしてるのかね、太宰少年、涼君」

「だだっ、駄目だよ生徒会室でそんな事しちゃあ！　龍ちゃん、マリーちゃん！」

一人は小学生かと見紛《みまが》う程の幼い容姿に不釣り合いな、怜悧《れいり》な雰囲気を纏った少女。

もう一人は両手で顔を覆い、指の隙間から二人を覗《のぞ》く大人しそうな少女だ。

「い、石動《いするぎ》と会長……！」

大人しそうな少女は生徒会書記、二年生の石動綾《あや》。そして幼い見た目の少女は生徒会長、三年生の緋田蘭子《あけだらんこ》。この二名であった。

「きゃ、きゃ～。太宰龍之介先輩との秘めた蜜月がバレちゃいましたね～」

「白々しいぞ涙！　どう考えても俺が一方的に何かされてる場面だろうが！」

真理と龍之介のやり取りに、綾と蘭子が反応する。

「龍ちゃん普段は硬派気取りなのにそういうの私よくないと思うなー……」

「生徒の模範となるべき生徒会の面々がこうまで堂々と不純異性交遊をされると、生徒の風紀に関わり、生徒会長である私が面倒くさい事になる――するなら外でしろ」

「か、会長⁉　ががっ、学校の外でも駄目ですよぉ⁉」

「聞いてくれ二人共！　お前らは多大なる誤解をしている！　それはわかる！　現状を鑑《かんが》みれば誤解を招いてしまうのも仕方ない！　俺はただ一人上半身を脱いで筋肉の確認をしていたところにこいつが……」

「マリーがなんですか。生徒会室で一人半裸になってたのは事実じゃないですか」

「龍ちゃん一人ですっぽんぽんだったの……？」

「ご覧、太宰少年。君の幼馴染《おさななじみ》が君の変態性にドン引きしているよ」

「いやあのドン引きとかじゃなくて……毎朝家で似たような事してるんだから何も生徒会室でやる必要はないかなって……」

「あっ、匂わせじゃん！　綾先輩お家《うち》が近くていつも一緒に学校来てるからってそういうとこで幼馴染アピールするんだー、ふーん」

「し、してないよ⁉」

「まあ家だろうが学校だろうが太宰少年がおかしいのは変わらないのだが」

扉の前で突っ立ったまま、蘭子は冷めた視線を龍之介に向ける。

「違う！　俺は変態じゃあない！　下を脱いでいたわけではないんだからいいだろ！」

「いや、生徒会室で半裸になるのはちょっとどうかと思うぞ太宰少年」

「うーん、この面子《メンツ》相手じゃなかったら普通にキモい男扱いされちゃうかも……」

「キモくてもいい。そんな太宰龍之介先輩でもマリーは愛しましょう」

「うるせえ！　後涼！　いつまでひっついているつもりだ！」

はいはい、と真理は龍之介から離れる。

「残念。かいちょーと綾先輩が来たから今日はおしまいですね。続きは今度にしましょ」

「続きなんて二度とねーよっ」

大騒ぎではあるが、今期の生徒会――特に真理が入ってからはこれが日常だ。

蘭子と綾も何事もなかったかのようにそれぞれの席に着く。

扉から見て奥の上座に会長の蘭子、右手側に書記の綾、左手側に副会長の龍之介と副会長補佐の真理が座り、各々《おのおの》が書類の作成やノートPCでの作業に取り掛かる。

「石動、会計《おわり》は？」

言いながら龍之介が自分の左手薬指の付け根を、右の人差し指と親指でなぞる。

彼が無意識に行う癖だ。

「尾張《おわり》君？　わ、私は何も聞いてないけど、またお休みなのかなぁ？」

「そうか。まああいつも昔から体調崩しがちだしな、仕方ねえか」

「太宰少年、少しいいかな？」

ラックからファイルを取り出し開いた蘭子が、正面に座る龍之介に問いかけた。

生徒会長で三年の蘭子は、龍之介の事を太宰少年と呼ぶ。小学生のような見た目で一年しか違わない蘭子に少年呼びされるのは龍之介も思うところがなくはないが、彼女なりの距離の詰め方なのだろうと納得していた。

「どうしたんすか、会長」

「『緑のふれあい感謝祭』の書類が見当たらないのだが、何か知ってるかい？」

「ああ、その案件なら既に完了しています。後ほど報告するつもりでした」

「あの書類は田角《たずみ》先生と区役所の担当の方の確認も必要だったはずだが……」

「そっちも大丈夫っすよ、俺やっといたんで」

「いやー有能な部下を持つと楽でいいなぁ。そして私の慧眼《けいがん》も見事だ。食堂の食券十日分と引き換えに副会長に立候補させた甲斐《かい》があるというもの。面倒がない」

「ほんと助かりましたよ。俺会長の犬なんで」

「か、会長～……それ生徒会選挙の規約とかに引っかからないですか……？」

心配そうな綾に、蘭子はドヤ顔で応える。

「生徒会選挙管理規程の問題となる行為はしていない。ふぁ～……」

大口を開けて、蘭子が欠伸《あくび》をした。

「珍しいですね、会長が欠伸だなんて」

常に気怠《けだる》げな蘭子だが、今日はいつにも増して疲れ気味で、目の下に隈《くま》もできている。

「ん、ああ失礼。少し諸用で忙しくてね」

「ねーねーそんなことよりー」

手持ち無沙汰の真理が長机に頬をくっつけながら声を上げた。

「副会長補佐なのにマリーの仕事なんもないじゃーん、副会長が全部やっちゃうからやること『無』なんですけどー」

「太宰少年が全部仕事終わらせてしまったから仕方ない。太宰少年、ついでと言ってはなんだけど、溜《た》まっている尾張君の分の仕事もお願いしたいのだが。今日は用事があるから、長く残れなくてね。後めんどくさい」

「最後のが本音だろ……」

「ふーん……」

頬杖《ほおづえ》をついて、真理が蘭子を眺めている。

「わかりました、尾張のは俺のとこで処理しておきますよ」

「えー。太宰龍之介先輩頼まれたらなんでもやっちゃうじゃないですかー、綾せんぱーい、この人昔からこうなの？」

「うーん。頼まれた事というか、龍ちゃん頼まれてないのもやっちゃうとこあるから」

「そんなの太宰龍之介先輩損じゃないですか？」

「別に俺がやるのは俺の能力の範囲内だけで、できる事をやってるだけだ。損だとは思わねえよ」

「うーん、納得いかないんですけど……」

唇を尖《とが》らせながら、真理はぶーたれる。

「では涼君が太宰少年を手伝ったらどうかな？　私が頼めば夜遅くまで開けておけるぞ」

「いやですー。マリーも放課後は忙しいんですよ色々」

「涼バイトとかしてたっけ？」

「まあそんなところです。女子には秘密がいっぱいなんですよ」

とにかくですね、と真理は控えめに机を両手で叩《たた》く。

「先輩は他人に甘すぎだとマリーは思う！　どうしようもない奴《やつ》でも先輩助けそうだし」

「私はそういうところも太宰少年の美点だと思うがね。この前みたいに金ないのに貸したりするのは少し行き過ぎだとも思うが。いや他人に貸すためにバイトしてる節すらあるな」

「私はー……もうちょっと頼ってほしいなー、なんて……」

「三人共好き勝手言いやがって……俺ぁなー……なんつーのほら、あれだよ、人助けが趣味なんだよ趣味。助けられる人を助けて感謝されて気持ちよくなって、ボランティアに参加して内申稼いでちやほやされんのが趣味なの」

「あ、龍ちゃんまたすーぐそういう事言うー」

龍之介の顔に、真理が軽く指をさす。

「いつまでもそんな事やってると、いつか大変な事に巻き込まれちゃいますからね！」

◆

夜。九重市の西の空を、一機の輸送ヘリコプターが飛んでいる。

夜間迷彩を施され、航行灯すら点《つ》けないその姿は、まるで闇の中に隠れるかのようだ。地上から上空を飛行するそのヘリコプターを視認するのは難しいだろう。

乗員は総勢五名で、その内護衛役の自動小銃で武装した人物二名と、白衣を着た少女が一名向かい合うようにして座っている。

日本国内であるにもかかわらず、輸送ヘリコプターの内部はまるで戦地に赴くかのような重苦しい緊張感に包まれていた。

彼らはこの国の暴力装置の中からスカウトされたエリートだ。その彼らをして、萎縮させる原因がその機体にはあった。

それは後部ハッチ付近に鎮座している『積荷』だ。

各所をベルトでしっかりと固定された小型のコンテナ、それこそが緊張の原因の『積荷』であり、ただでさえ広くない機内が、更に狭くなっていた。

「ライオンでも運んでるみたいな厳重さッスね……」

重苦しい空気に耐えかねて、機内で一番若い男が口を開いた。

男の視線はコンテナに向けられている。

それに対し、男より一回り年上の大柄の男が口を開いた。

「ああ、黒井《くろい》は今日が初か」

「はい、柳田《やなぎだ》さんは慣れてそうッスね」

「慣れてなどいないさ。ライオンと同席の方がマシだ。何せライオンならこれで殺せる」

言って、担《かつ》いでいる自動小銃を軽く掲げてみせる。

「……殺せないんスか？」

「……お前資料読んでないのか？」

「いやいや！　目は通しましたけど、ちょっと信じられなくて……」

「無理もないか。あの子よりも二つ前の世代の《竜《ドラゴン》》の話だが、米国支部で戦闘機やら戦車やらを引っ張り出さないといけない事態になったとかなんとか」

「まじスか」

「それでもって、当代の《竜《ドラゴン》》因子はその時の子よりも遥《はる》かに強いんだと。本気で暴れられたらどうしようもないさ。まあ今は弱っているし抑制剤も効いているから安心しろ」

「文字通りの化け物ですね、幻想少女ってやつは……」

「その物言いは気に入らないな」

ヘッドセットで二人の会話を黙って聞いていた三人目、白衣の少女が口を挟んだ。

「少なくとも、あの子は自らの生を諦めなくてはならない。まだ十代の少女が、だ。その彼女を前にして化け物だなんて……」

コンテナに目を向ける。

その視線は、憐憫《れんびん》が含まれていた。

「あまりにも、可哀想《かわいそう》だと思わないか」

◆

伊良子《いらこ》燐音《りんね》はコンテナの中にいた。

タングステンで造られた特製コンテナの内部はマイナス六〇度にまで冷やされており、その中で燐音は拘束衣を着せられて椅子に座っている。

燐音の背中からは何本もの因子抑制剤注入ケーブルが伸びており、それは椅子の後ろに設置してある巨大な機械に接続されている。

通常であれば、人間が生きてはいられない環境、いや、そもそも人間を納めるには無駄がありすぎる空間である。

そこには、彼女を中に納めた者達の偏執的なまでの怯《おび》えが窺《うかが》えた。

『文字通りのバケモノですね、幻想少女ってやつは……』

「……っ」

それに反応して、少女の耳がぴくりと動いた。

恐るべき事にこの極限の環境下でも少女は生命活動を行っていた。

動く事はできないが、五感は全て健在である。

ローターが爆音を響かせる機内、そして厳重に密封されたコンテナの中だというのに、

彼女の耳には彼らの話し声が聞こえていた。

その感覚の鋭さ故――その異変に最初に気付いたのは彼女だった。

「――……!!」

少女は警告の声を上げようとするも、当然届く事はない。

青白い雷が、ヘリコプターを貫いた。

雷光が閃《ひらめ》き、雷音が轟《とどろ》く。

ヘリコプターの装甲を切り裂いて、そのまま燐音を囲うコンテナの一部も引き裂いた。

機体が制御を失い、大きく回転する。

『嘘《うそ》だろ、空路だぞ!?　もしかして情報が……』

『どうなってんだ畜生！』

『全員摑《つか》まって姿勢を――』

そんな怒号が聞こえてくる。

コンテナを固定していたベルトは先程の一撃で外れてしまっており、誤作動で開放された後部ハッチから遠心力でコンテナが空中に投げ出された。

雷でできたコンテナの裂け目から、夜の空が覗《のぞ》いた。

「――」

彼女を積んだ金属の箱が、夜の空から落ちていく。

◆

「ホントにこのルート通るんだ。《ロキ》の情報は正確ね」

地上、九重市西九重公園、雑木林の中。

地上からの雷が直撃してバランスを崩し、回転しながら墜落していくヘリコプターを眺めながら、白い装甲服の上から襟高で裾の長い外套《がいとう》を纏《まと》った少女は、片手でスマートフォンを持ちながらそんな事を言い放った。

「おー、上手《うま》い上手い。あそこからケアするんだパイロット超優秀じゃん。もしかしたら全員無事かもね、あれ」

まるで花火でも見るかのような気楽さで、すぐに視線を下に落としてスマートフォンをいじりだす。

少女の周りには同じく白い装甲服を着た者が数名待機している。

「それにしてもあんな遠くの当てられるんだ。やるじゃん」

「恐縮です。騎官《リッター》殿」

長大な金属の砲を抱える装甲服を着た男に、少女は称賛の言葉を送る。

男と少女は一回り以上年齢が離れているが、少女の方が立場は上のようであった。

「うちんとこの試作品だっけそれ」

「はい。試作型長距離狙撃用人工因子兵装です。第一因子の能力を活用し、狙撃用に調整してあります。因子が装填されたマガジンにより剣兵《ケンプファー》でなくとも運用でき、威力、精度共に申し分ないかと。《特災研》の特殊装甲仕様輸送ヘリ相手でも――」

「あー、ごめん。そういうの興味ないから」

スマートフォンを持っていない手をぷらぷらと振って、少女は話を打ち切る。

「はっ、申し訳ございません」

「で、『竜姫《りゅうき》』は？」

「先程の狙撃によってコンテナの落下を確認しました。が、あの高さからの落下ですから安否の程は――」

「この辺さー、クマ出るんだって」

「クマ、ですか？」

遮るように唐突に話題を変えられ、男は戸惑った。

「クマって人間じゃ素手で勝つの難しいじゃん？」

「はぁ」

「でも幻想少女はクマなんて指先一つで倒せるわけ」

「つまり……？」

「あの程度の高さから落ちたところで死ぬわけないでしょって事よ。そんな危険性があるならこんな作戦誰も立てないわ。雑に扱っても壊れないのが幻想少女の良《い》いところなんだし」

少女は金の髪を揺らしながら軽く伸びをする。

「あの、騎官殿《リッター》……もう少し任務に集中していただければ……」

「こんなくだんない任務より愛《いと》しの先輩へのラブコールのが大事だしー」

「はいはいはいわかってるわよ、階級上の上下関係が一応あるとはいえ、《オーダー》に逆らえる立場じゃないもの。『人払い』はできてる？」

「何分今回は範囲が広いので一部漏れがあるものの現時点では96％完了しています。作戦範囲内の通信工作も完了済みです」

「『竜姫《りゅうき》』の暴走進度は？」

「《ロキ》からの情報によれば、一時間前の時点で抑制剤と冷凍処理により第一段階で停滞している模様」

「ふーん、じゃあ二班は引き続き監視態勢を維持しつつ退路を確保」

「了解。剣兵隊《ケンプファー》は如何《いかが》致しますか」

「私が戦う事になったら強化人間程度じゃ役に立たないわ。二班の援護に回しなさい」

よし、と言ってスマートフォンを強くタップする。

「愛しの先輩にメッセージを送る時はつい構ってちゃんになっちゃうのよね～。それじゃあこっちは『竜姫《りゅうき》』を回収しましょう」

少女は肩に掛かる一房の髪を片手で背中へと払い、言った。

「終わってる憐《あわ》れな同族を捕らえるのは、少し気が引けるのだけれど」

「ですが……」

◆

龍之介が生徒会の仕事を終えたのは、すっかり日が落ちてからであった。

他のメンバーは用事や部活等で下校時刻までには生徒会室から出て行っていたし、蘭子に頼まれた仕事以外にも、熱が入っていくつか書類仕事を済ませてしまった。結局用務員の見回りで帰宅を促されたのがついさっきだ。

その帰り道。雲一つない月の綺麗《きれい》な夜の空の下を龍之介は歩いていた。

彼が歩くのは西九重公園という名前の広い自然公園だ。敷地内にはハイキングコースの他に池や川、広大な草原や遊具、バーベキュー広場などもあるレジャースポットである。足元の芝生を照らす等間隔に並ぶ電柱、左手側には雑木林。右手には池。痴漢に注意の看板。夕方であれば犬の散歩中の人々と多くすれ違うのだが、この時間帯ではジョギングをする人もいない。

人通りがないので夜道は危ないのだが、龍之介宅までこの公園を突っ切る事でショートカットになるのだ。

龍之介の住む九重市は東京都ではあるものの、23区の中心部程は栄えていない。

特に龍之介の住む西九重町は山岳に囲まれた盆地であり、駅前から少し離れるだけで田畑の景色が望め、当然人口密度も低い。

緑の多い自然残る町並みと言えば聞こえはいいが、一般的にイメージする東京のイメージとは随分とかけ離れた町である。

特徴と言えば人もあまり住んでいないのに公園がいくつも作られ、いつもどこかしらで道路工事が行われているおかげで道が非常に綺麗になっているくらいだ。

「ん？」

ブレザーのポケットに入っていたスマートフォンから通知音が鳴った。

見ればメッセージアプリを通して、真理からメッセージが届いていた。

「多っ」

先輩暇ですか？　暇ですか？　暇ですか？　と恐ろしい速度で一文ずつメッセージが送られ、龍之介は慄《おのの》いた。

「『先輩ほんと今度一緒にラーメン食べに行きましょう！　絶対ですよ！』……スタンプ連打しすぎだろ。かまちょかよ」

龍之介は、悩んだ末にデフォルメされたうんちのキャラクターが「寝るね」と言っているスタンプを一つだけ送って、アプリを閉じる。

間を置かずに通知音が鳴る。

だがそれは真理のものではなく、ニュースサイトの通知だった。

「レスポンス早っ」

「あれ、こんなサイトの通知なんて入れていたかな」

誤操作で入れてしまったのだろうと龍之介は結論づける。

サイトを開くと何年か前の凶悪事件の犯人に、死刑判決が出たという記事が出てきた。

その事件は龍之介も記憶がある。借金があった犯人に、親切心でお金を貸したら逆恨みで貸した本人とその家族を殺害し、更に家に火を付けたという痛ましい事件だ。

ニュースサイトのコメント欄には様々なコメントが寄せられている。

普段は見ないコメント欄を、スクロールして眺める。

『これ恩を仇《あだ》で返した事件か。まだ裁判やってたのか』

『こっから何年税金で生かすんだ？』

『俺に任せてくれたら執行ボタン連打するのに』

『これで被害者や遺族が多少でも報われればいいけど』

そのコメントの一つに、龍之介の目が留まった。

『どうしようもねえ奴《やつ》だなまじ』

正確には、その後の行に書かれた言葉だ。

『死んだほうがいい人間っているよな』

取るに足らない言葉だ。

十人が読んで、十人が同調も否定もせずスルーするようなありふれた言葉。

なんて事はない、公言するには常識とデリカシーの欠けた一般論。

それなのに、その２バイト文字一六字が、龍之介の心に深く、そして重く沈み込んだ。

自分なりにその言葉に対して考えようとし、やめた。そんなもの、決まっている。

スワイプでブラウザアプリを閉じ、通知を切る。

どうしようもなく、死んだほうがいい人間。そんなものは――

『――どうしようもない奴でも先輩助けそうだし』

ふと、生徒会室で聞いた真理の言葉が蘇《よみがえ》る。

「流石《さすが》にそんな奴助けねえよ」

龍之介は思考する。

もし仮に、自分の目の前に、死すべき人間が現れて助けを求めたらどうするだろうか。

「俺は――」

人助けが趣味だと彼は嘯《うそぶ》いた。

太宰龍之介は自覚している。趣味という言葉で片付けられるようなものではない。

それは病的なまでの使命感。いらぬ世話であろうと、鬱陶しがられようと、罵声を浴びせられようと、彼はそうしてしまうのだ。

何故《なぜ》そうするのか理由があったはずなのだが、その答えはいくら考えても出てこない。

次の瞬間、夜の空が光った。

まるで雷が落ちたかのような、腹の奥に響く轟音《ごうおん》が龍之介を襲った。

「……うへ、雷？　雨降るかな……傘ねえぞ」

まさに青天の霹靂《へきれき》。

龍之介が空を見上げても、相変わらず雲一つない夜空が広がっている。

否《いな》、何かが火を噴いて上空をゆらゆらと飛んでいる。

「うおっ、なんだあれ」

よもや未確認飛行物体なのか、と龍之介は目を輝かせる。

上空に浮かぶ火の玉に気を取られた事と、単純に夜で視界が悪かった事で〝それ〟が落ちてきた事に気付くのが遅れた。

「はっ⁉」

何か、大きな物体が龍之介の眼前数メートル先に落下した。

「うわっ！」

落下音と衝撃で、龍之介は思わず尻もちをつく。

土煙が巻き上がり、目の前が見えなくなる。

「げほっ、なんなんださっきから……」

咳《せ》き込みながら、龍之介は立ち上がる。

徐々に土煙が晴れ、落下物の全貌が見えてくる。

それはひしゃげ、壊れた大きなコンテナだ。

だがその金属の塊も、落下の衝撃で飛び散った芝生と土砂も、龍之介の視界には入ってこなかった。

彼の瞳に映るのはただ一人。

街の明かりで希釈された月と星と外灯の光の下、壊れて側面が開いた鉄の箱の中で、椅子に座る者がいた。

長い髪で、少女の前に美を冠しても誰一人として否を唱える事のない整った顔立ちだが、服装だけはその可憐《かれん》さから浮いていた。

行動を制限する為《ため》の拘束衣を着ているからだ。

しかし龍之介にとっては、『拘束衣を着た美少女』という非日常すら瑣末事《さまつ》であった。

それよりももっと目を引く特徴があったからだ。

側頭部から天を衝《つ》くようにそそり立つ、捻《ねじ》れた二本の角。

尾骶骨《びていこつ》から伸びるのは、甲殻と鱗《うろこ》に覆われた長い尻尾。

肩甲骨《けんこうこつ》から生えた飛膜のない未発達の翼の残骸。

それらは到底人間にあるはずのない器官であり、つまりそれらを有するという事は、正しく人と異なる形であると言える。

彼女を見れば、誰もが想起するだろう。一つの幻想生物を。

「竜《ドラゴン》……？」

彼女の姿は人の身でありながら、幻想の中に存在する生物、竜の特徴を有していた。

人間に翼はない。角もないし、尻尾もない。それらは進化の過程で不要とされ、あるいは必要にならなかったが故だ。

然《しか》らば、それは人というよりは竜であろう。

竜の眼《め》が龍之介の方へと向き、視線が合う。

時が止まった。

現代日本。

あらゆる浪漫《ロマン》は科学され、全ての夢想幻想は想像の域を出ず、あまねくお伽噺《とぎばなし》は創造の産物だと理解された時代。

少年、太宰龍之介。

少女、伊良子燐音。

それは奇跡《ぐうぜん》か、運命《ひつぜん》か。

その夜、彼は幻想《かのじょ》と邂逅《であ》った。

──私の分まで、たくさんの人を助けてあげてね。

記憶にない、誰かの声が耳に響く。

次いで、脳裏に赫赫《かくかく》と燃え盛る炎の景色が電撃のように瞬《また》き消えていく。

知らないのに聞いた事のある声、見た事ないのに覚えている景色。

だがそれも一瞬であった。

「そこの貴方《あなた》」

その美しい声で、止まっていた時が動き出した。

龍之介の思考が一気に駆け巡る。

――いや竜のはずがない、じゃあなんだ、人？

――コスプレ？　こんな時期に？　こんな場所で？　この鉄の箱は？

――事件？　それとも事故？

「聞こえないのですか？　今この場所には貴方しかいないでしょう」

頭の中を駆け巡る龍之介の煩雑で混乱した思考を、少女の鋭い眼光が振り払った。

「え、俺？　お、俺か、そりゃそうか。な、なんだよ」

「私を前にして随分と頭が高いですが……まあいいでしょう。近くにきて私の背中のこれを抜いてください」

不遜で尊大な態度で少女が言った。

言葉の意味を脳が理解するまで龍之介は多少の時間が掛かった。まず、喋《しゃべ》れたのか。という感想が先に来たからだ。

「背中の？　何言ってんだ……？」

当然ながら、龍之介は訝《いぶか》しむ。

「背中にケーブルが刺さって――ぐっ……」

「お、おいどうした……？」

「はっ……はっ……」

言葉が途切れた少女をよく見れば、額には玉の汗が浮かび、呼吸は荒く、随分と憔悴《しょうすい》しているようであった。

「なんだってんだ……」

少女の事は未《いま》だに怪しんではいるものの、彼女があまりにも苦しそうで龍之介は自然と歩みを進めていた。

鎖に繋《つな》がれた巨大な肉食獣を前にしているかのような緊張を感じながら、龍之介は恐る恐る少女に近付いていき、手を伸ばせば届く距離で自然と足が止まった。

「安心なさい……食い殺しはしませんから」

冗談のような物言いであるが、龍之介は彼女の『食い殺す』という部分がジョークのように聞こえなかった。

ゆっくりと、その背後を覗《のぞ》き込む。

「う、なんだこれ……」

少女の拘束衣の背面には黒い円錐《えんすい》状の漏斗《じょうご》のようなものが、翼の間、背骨に沿って四つ付いており、その内の一つから太いケーブルのようなものが伸び、彼女の座る椅子に繋がっている。

恐らくコンテナが壊れた時の衝撃で背中の漏斗から抜けたであろうケーブルが、他に三本周囲に散らばっていた。

「この背中に付いている線を抜けばいいのか？」

「ええ」

龍之介はしゃがみ、ケーブルの根本を握りしめ、もう片方の手を少女の背に当てる。

背に当てた手に、分厚い生地からも伝わる程の熱気を感じた。

構わず龍之介は力を込め、ケーブルを引っ張る。

「ぁぐ……っ！」

少女の顔に苦悶《くもん》が浮かび、慌てて龍之介は手を離す。

「わ、悪い！　痛かったか？」

信じ難《がた》い事に、ケーブルはどうやら彼女の身体《からだ》と直接繋がっているようであった。

龍之介は逡巡《しゅんじゅん》した。少女の反応から考えるに、医療機関で専門の施術を受けるべき案件であり、素人《しろうと》が勝手に引き抜いて良いものではなさそうだと思ったからだ。

「大丈夫です、止めないで……一息にやってください」

「わかった」

意を決し、龍之介は全力でケーブルを引っ張る。

「んっ……あっ、ぁぁ……！」

中で何かが引っかかっている手応えを感じながら更に力を込めると、ゆっくりと少しずつケーブルが少女から引き抜けていく。

「あっ、あぁっ！」

ずるりと、最後は一気に抜けた。

引き抜いたケーブルは、床に散らばる物と同じように先端に針のようなものが付いており、血がべったりと付着している。

先端から飛び散った血が龍之介のブレザーに付くが、彼は気にせず声を掛ける。

「だ、大丈夫か？」

「仔細《しさい》ありません……褒めて差し上げます。よくやりました」

少女が力を込めると、拘束衣の腕を縛る金具が弾《はじ》けて千切れた。

両腕が自由になった少女は、まるで経年劣化したゴムを千切るかのような容易《たやす》さで見るからに頑丈そうなベルトを引き千切って拘束を解いていく。

その様子に驚きつつも、この異常事態における正常性バイアスが働いて『そういうものかも』と勝手に納得していた。

少女は深く椅子に座り込み、脚を組んでふんぞり返る。

無機質な椅子だが、彼女が座っているとまるで玉座のようだ。

「空の下に出たのは、幾年《いくとせ》ぶりでしょうか……」

「……」

夜の闇の中、外灯の薄明かりに照らされた竜の少女を見て、彼女の持つ危うい美しさに龍之介は息を呑《の》んだ。

長く艶《つや》やかな髪、美しく整った顔立ちからは、人形のような愛らしさの中にどこか苛烈な凛々《りり》しさを垣間《かいま》見る事ができる。

龍之介の後輩である真理のような派手な美しさではないが、童女のようなあどけなさと、気品、そして威厳が両立しており、彼女の纏《まと》う火中の氷のような繊細な美しさは決して真理にも負けていない。

「それで」

汗で額に張り付いた前髪を払って少女は口を開いた。

「貴方、名は?」

「え、あ?」

「名を訊《き》いているのです。私を助けた者の名くらいは、最期《さいご》に覚えておきたいですから」

最期ってどういう事だよ。そんな疑問が湧くも、それを口にする事はなかった。

「……太宰龍之介……です」

「太宰龍之介……良い名です。私は燐音、伊良子燐音です。もう会う事もないでしょうし、覚えなくて結構ですよ」

椅子から立ち上がった燐音の足元がふらつき、前のめりに倒れ掛かる。

「お、おい！」

女性が苦手な龍之介ではあるが、今は非常時だ。迷う事なく、だが慌てて龍之介は左手で燐音の手を摑《つか》んだ。

「やめなさい！」

「あっつっ⁉」

燐音の体温のあまりの熱さに、龍之介は咄嗟《とっさ》に手を離してしまう。

そのまま燐音は地面に再び倒れ込んだ。

「ごめん」

そう言って龍之介は手を差し伸べるが、燐音はその手を取る事はない。

熱がある、とかそういう話ではなかった。

彼女の肌はまるで熱したフライパンにでも触れたかのような熱さだった。

事実、龍之介が燐音に触った左手の掌《てのひら》は火傷《やけど》で赤く腫れ上がっている。

凡《およ》そ人体が発する熱ではない。

燐音の瞳には、誰も彼もを拒絶するような刺々《とげとげ》しい光が灯《とも》っていた。

「……許可なく、私に触れないでください」

よろめきながら燐音は一人で立ち上がり、そして見た。

「貴方……その左手……」

燐音の視線が龍之介の左手に注がれている。

龍之介も釣られて自分の左手を見やる。その薬指に、円環状に光が灯っていた。

まるで指輪のように。

「なんだこれ……？」

疑問の声を龍之介が上げると、初めから何もなかったかのように薬指の光は消えた。

「嘘《うそ》……それは――」

消えた光を見て何かを言いかける燐音だが、すぐに中断された。

声が聞こえたからだ。

「こちらV、『竜』を発見。他に把握漏れの一般人を確認。数は一。規程通り対応しまーす。はー、さっさと終わらせてサブロー軒に――」

木々の陰から溶け出るように、一人の少女が現れた。

白い装甲服の上に黒の外套《がいとう》を羽織った少女だ。

二つに結んだ金の髪が、風に揺れる。

「おい……」

「え……？」

たとえ夜闇の中であろうと、その金の髪と美貌を見間違うはずがない。

「何してるんだ、こんな所で……」

「何してるんですか、こんな所で……」

龍之介と少女が同時に呟《つぶや》く。

「涼……」

「太宰龍之介、先輩……」

呆《ほう》けたように大きく口を開いているのは、龍之介の後輩。つい数時間前まで生徒会室で一緒にいた涼・ヴラド・真理がそこにいた。

「涼、だよな……？」

確かに目の前の少女は真理だ。それでも龍之介が確認したのには理由がある。

真理がここにいるはずがないという現実逃避の為《ため》ではない。彼女の外見がいつもと異なっていたからだ。

開けた口から見える上顎から生える犬歯は肉食獣の牙のように鋭く、丸く形の良い耳は長く先が尖《とが》っている。

違いとしてはたったそれだけ、しかし竜の少女を見ている龍之介の脳裏に、直感的に一つの幻想の生物の名が浮かぶ。

「吸血鬼……？」

夜に生き、コウモリや狼《おおかみ》に化け、鏡に映らず、棺桶《かんおけ》で眠り、陽《ひ》の光とにんにくを嫌い、鋭い牙で人の血を吸う怪物。

しかし彼女は太陽の光を浴びても大丈夫だし、好きな食べ物はにんにくがたっぷり入ったガッツリ系ラーメンで、普段は牙なんてないし血を吸っているところを見た事もない。

それでも確かに、吸血鬼を鮮烈にイメージしてしまったのだ。

「竜と吸血鬼だなんて、ハロウィンにはまだいくらか早いだろ……」

次々と立て続けにわけのわからない事が起きて、龍之介の脳の処理はもう限界だった。

燐音もまた龍之介との邂逅《かいこう》は想定外だったようで、未だに動揺していた。

「先輩、まさか《特災研》の人間だったんですか……？」

「とく……？　何それ」

「まあそりゃそうですよね、完全に偶然か……ちゃんと『人払い』しとけっつの……」

真理は小さく舌打ちをする。

「とりあえず、先輩」

「な、なんだ」

「こっちに来てください」

「その前にこの状況を説明しろ涼。だいたいなんだその格好は、コスプレか？　ハロウィンにはまだ随分気が早いしこんなとこじゃなくて渋谷でやれよ」

「ごめんなさい、マリーの権限にはないから一般人の先輩に説明する事はできません。いから、来てください。捕まえる側と抵抗する側がかち合えば当然戦闘に、いえ戦争になるのは必至ですから」

「は？　戦争？　涼まじで何を――」

龍之介と真理の会話を阻《はば》むように、あるいは――龍之介を守るように燐音が前に出た。

「私を前に歓談する余裕があるとは……無礼ですね」

「ふん、やる気まんまんなの香ってくるわよ」

鼻を鳴らす真理に、燐音が声を掛ける。

「貴女《あなた》、《吸血鬼《ヴァンパイア》》の幻想因子を持つ幻想少女ですね？」

「……だったら何よ？」

竜の言葉に、吸血鬼が反応した。

「私は《竜《ドラゴン》》の幻想因子の幻想少女、伊良子燐音」

「……何？　急に」

突然の自己紹介に、真理は理解できないという風に、首をかしげる。

「私、こういう事をあまり訊きたくないのですが、もしや貴女常識がないのですか？」

「あぁ？　何よあんた、喧嘩《けんか》売ってんの？」

「初対面で一対一《タイマン》を張るなら、互いに名乗るのが常識なのでは？」

「武将か！」

「成程……知得しました。頭が悪そうな見た目をしていますし、当然ながら常識もない、と。いや失礼、貴女の知能指数を高く見積もりすぎていました」

「ぶっ殺すわよ⁉」

青筋を浮かべるように怒鳴り声を上げる真理に対し、燐音はあくまで無表情だ。

いや、無表情に努めているというべきか。

「別に、私は……はぁ……はぁ……」

立っているのも辛《つら》いのだろう、汗を流して燐音は小さく呼吸をしている。

「わかったわよ……教えたげる。自分が負ける相手の名前くらいは覚えておきたいものね。

《吸血鬼《ヴァンパイア》》の幻想少女、涼・ヴラド・真理よ」

「涼・ヴラド・真理。……良き名です」

「伊良子燐音……態度はむかつくけどいい名前ね」

空気が張り詰める。

まるで空間そのものが硬質化したかのような錯覚を覚える程の緊迫感が満ちる。

決して冗談ではない一触即発の気配を肌で感じ、慌てて龍之介が止めに入る。

「お、おい二人共、まさか本気で喧嘩するつもりじゃないだろうな」

「貴方《あなた》には、関係がないでしょう。下がっていなさい」

燐音が龍之介のベルトを掴んだ。

「勝とうが負けようが、私の運命は変わりません、ですが大人しく捕まるつもりもない。

それに……敵対する幻想少女同士が出会ってしまえば、それは喧嘩ではない」

そのまま無造作に後ろへと腕を引く。

「──戦争です」

「なっ⁉」

ただそれだけの動作、特に力を込めている様子もないのに龍之介は背後へ大きく投げ飛ばされ、受け身をとって地面を転がる。

体格で勝る高校生男子の龍之介が、同い年くらいの少女にまるでぬいぐるみを投げるかのように飛ばされる。

それに何より、立っているだけで辛いであろうコンディションで尚《なお》この膂力《りょりょく》。にわかには信じ難《がた》い光景であった。

「そこの死にぞこないの言う通りですよ先輩。ここからは人間が踏み込む領域ではありませんから、大人しくしててください」

「なんで戦うんだよ⁉　理由がねえだろうが！」

「理由？」

「そんなもの……」

どちらともなく、二人の声が重なる。

「出会ってしまったから以外の理由はありません」

真理が片腕を掲げる。

「戴《いただ》きましょう――《死なずの頂》《ノー・ライフ・クイーン》」

その言葉と共に、外套と装甲服が変質した。

解《ほど》けるように、纏《まと》う衣服が分解されていき、まるで血のように真っ赤な糸と化す。

血色の糸は縒《よ》り合わさり、一つの衣裳《いしょう》を紡《つむ》ぎ出す。

それは真紅の礼装《ドレス》。

腕は深紅のオペラグローブに覆われ、ヒールの高い緋色《ひいろ》のパンプスを履いている。

朱《あか》いティアラを戴いた長い金の髪と礼装のスカートが風で大きくはためく。

華麗にして苛烈、優雅にして残酷、美しさと雄々しさが両立した艶姿《あですがた》。

「因子礼装《ヴァルキュリアドレス》……」

燐音がその衣裳の名を呼んだ。

「ええ、マリー専用因子礼装《ヴァルキュリアドレス》《死なずの頂》《ノー・ライフ・クイーン》。貴女も纏っていいのよ？　せめて戦場でくらいは着飾りたいものね。それくらいは待ってあげる」

「構いません」

真理の言葉に、燐音は首を横に振った。

「あっそ。まあ抑制剤打たれてるだろうし、そもそも死刑にする幻想少女に礼装や兵装もたせる馬鹿はいない、か。でも、卑怯《ひきょう》とは言わないわよね？」

「状況の優劣は卑怯と表現するものではありませんから」

「合格。流石《さすが》にその程度は弁《わきま》えてるみたいね。一応言っておくけど、投降して大人しく付いてくるのを約束するなら優しくしてあげるわよ？」

「起きているのに寝言を言うとは……随分と器用な事をするのですね」

「オッケーぶっ飛ばす。やってみたかったのよね、ドラゴンとガチンコ」

「その高い鼻」

燐音が真理の顔を指差す。

「ん？　あによ。鼻筋通ってて可愛《かわい》いでしょ」

「へし折ってもっと可愛くしてあげましょうか？」

効いた。

「ぶっ！」

左手の爪で右掌《てのひら》を横一文字に引き裂く。

「殺！」

右腕を掲げ、五指を開く。

「す！」

叫ぶ。

「《血塗れ令嬢《カーミラ》》ァ！」

掌から溢《あふ》れる血液が、決壊した堤防の如《ごと》く爆発的にその量を増した。

虚空《こくう》にぶちまけられた大量の赤の液体は一瞬で圧縮、凝固し、一つの武器を象《かたど》る。

それは異様な武器であった。

槍《やり》、斧《おの》、そして大鎌と三つの武器が一つになった、斧槍《ハルバード》であり大鎌《サイズ》でもある、斧槍鎌《ふそうがま》とも言うべき赤い竿状武器《ポールウエポン》。

真理がその長大な武器の柄を片手で持ち、軽く振るうと巨大な刃が風を斬り、血の軌跡が刃の軌道をなぞる。

自らの着ている服を変化させる、大型の武器を一瞬で作り出す。龍之介にとってはどちらも常識の埒外《らちがい》の事象。

故に龍之介の口から自然と声が漏れていた。

「嘘《うそ》だろ……なんなんだよさっきから……！」

真理が地を蹴った。

同時、真理の背に蝙蝠《こうもり》のような翼が形成される。

向かうのは当然手負いの竜。

吸血鬼は翼を一度大きく羽撃《はばた》かせ、加速する。

《血塗れ令嬢《カーミラ》》を大上段に振り上げ、巨大な斧の刃を前面に向ける。

「生け捕り任務だからなるべく注意するけど……手が滑ったらごめんね？」

吸血鬼が凶器をぶん回す、その姿はまるで赤い竜巻だ。

見るからに扱いづらそうな長物武器を、まるで枝でも振り回すかのように軽々と、そして自在に操っている。斧が、鎌が、槍が、三位一体《さんみいったい》の赤い凶器がそれぞれ必殺の勢いで燐音に襲いかかる。

「め、眼《め》で追えねえなんて事が現実に……」

その攻防は龍之介には赤い残像しか見えていない。

燐音に《血塗れ令嬢《カーミラ》》が振るわれる度に突風が生まれ、側《そば》で見ている龍之介の頬を叩《たた》く。

舞うように、踊るように、真理が武器を振るう。

「大鎌の因子兵装《レギンレイヴ》……いえ、礼装と兵装は対、礼装を生成すれば同時に兵装も生成される……であれば《吸血鬼《ヴァンパイア》》因子の血液操作で作り出したものですか……」

燐音が、真理の生みだす赤い竜巻の中で呟《つぶや》いた。

「七〇点ってとこね、単なる血液操作の能力だけじゃここまで強固な武器は作れないわ。私の因子兵装《レギンレイヴ》、《血の王《ノスフェラトゥ》》は《吸血鬼《ヴァンパイア》》の因子の持つ血液生成と血液操作に名前を付けパッケージ化する事で補助、強化する兵装。この《血塗れ令嬢《カーミラ》》もその一つ。だから——こういう事もできちゃうのよね」

突如真理の持つ《血塗れ令嬢《カーミラ》》の形状が崩れ、液体へと戻る。

「《串刺公《カズイクルベイ》》！」

液体へと戻った血が再度圧縮、凝固し、幾本もの杭《くい》へと形を変え、末端部から噴出する血液を推進剤とし、燐音に向かって射出される。

対する燐音はそれらを蹴りや尾撃で打ち落とし、硝子《ガラス》のように砕いていく。

《串刺公《カズイクルベイ》》の射出と同時に真理も駆け出していた。宙空、地面にばらまかれた血が真理の掌中に集まり、再び《血塗れ令嬢《カーミラ》》となり追撃をかける。

槍の突き、斧の振り下ろし、鎌の薙《な》ぎ払いを紙一重で燐音は回避していくが、端から削られていくように少しずつ切創が増え、鮮血が宙を舞う。

「ハッ！　よく避けてるけどいつまで持つかしらね！」

真理の言葉、そのすぐ後に燐音に限界が来た。

真理はバトンを回すように、縦方向に《血塗れ令嬢《カーミラ》》を回転させる。

射程で劣る燐音が懐《ふところ》に飛び込もうとした瞬間を狙われ、腰を落としていた彼女の鳩尾《みぞおち》に勢いよく石突がめり込む。

「うぐっ……！」

蹴り飛ばされたサッカーボールのような勢いで上空にはね上げられた燐音は、そのまま地面に背中を叩きつけて肺から空気を吐き出す。

落下地点は、燐音が入っていた巨大なコンテナの前。

燐音は跳ねるように起き上がり、コンテナを摑《つか》む。

「この……！」

あろうことか、少女は数百キロ、いや数トンはあるであろうコンテナを持ち上げ、そのまま土砂と共に真理に向かって投げつけた。

「マジか……!?」

少女がコンテナを投げつけるという絵面《えづら》に、思わず龍之介は声を上げる。

真《ま》っ直《す》ぐに、そして高速で飛んでいく金属の塊は、しかし真理に当たる事はなかった。

「ま、他に手がないって感じよね」

大気と金属を切り裂く鋭い斬撃音、弧を描く血の残像。

投げつけられたコンテナは、《血塗れ令嬢《カーミラ》》の一振りによって空中で二つに断たれ、その間から月を背負って悠然と吸血鬼が歩みを進める。

重い落下音が地面を揺らした。

「……っ」

燐音は膝を折り、地面に手を付けた。

「随分辛そうね。こんな死にかけ捕まえて、何の役に立つのか疑問だけど……」

真理が燐音を見下ろす。

「暴走進度第一段階、竜臓の熱量過剰、抑制剤による副作用、万全であるはずもない。マリーとこれだけ戦えただけで……いえ、立ってるだけで驚愕《きょうがく》に値するわ」

「はぁ……はぁ……っ！」

肩で息をする燐音を見て、真理が同情を含ませながら言った。

「でも手加減しない。それがマリーなりの礼儀だし、戦いに対して矜持《きょうじ》がないわけじゃないけれど、優先順位を弁えるくらいの分別はあるしね」

燐音の顔にはびっしりと汗が浮かんでおり、息をするのも苦しそうだ。

当然だろう。

龍之介が触れた時ですら、火傷《やけど》する程の尋常でない体温になっていたのだ。そんな状態で戦えるはずがないのだ。おまけに真理の攻撃により、全身に傷ができている。

「《竜《ドラゴン》》の因子は《吸血鬼《ヴァンパイア》》以上の高い再生能力を持つそうだけど、暴走を抑えている分再生能力も落ちてるのね。その程度の怪我《けが》、マリーだってすぐ治るのに」

吸血鬼が血色の凶器を軽く振るうと、風を斬る甲高い音が鳴った。

「あんたには同情するわ。でも仕事だから、恨まないでね」

大鎌が肉を裂き、闇夜に鮮血が舞う。

「えっ」

攻撃を放った真理が呆《ほう》けた声を上げた。

彼女の持つ凶器は、燐音を裂くのではなく――

「せん、ぱい……」

燐音を庇《かば》うように飛び込んだ、龍之介の右腕を深々と引き裂いていた。

「ッ……」

龍之介は目を見開く。

だらりと下げた腕、その指先から血が地面に滴《したた》る。

「嘘、なんで……そんな……」

龍之介は額に脂汗を浮かべながら無理矢理笑みの形を作る。

「人の事ぶった斬っといて、んな顔してんな涙……後輩にちょっと撫《な》でられたくらい平気に決まってんだろ。何故《なぜ》なら俺は、お前の先輩なんだからな」

虚勢だ。

重要な血管、神経が切断されたというのが直感的に理解できた。

「涼、事情は知らんが先輩としてお前のやってる事を認めるわけにはいかん」

だが然程《さほど》痛みはない。興奮状態でアドレナリンが分泌され、痛みが鈍化しているのだ。

「だから俺はこの人を助ける。これ以上やるなら、涼――」

残った片腕だけで、ファイティングポーズを取る。

「俺が相手になってやる！」

震える声。

あまりにも心許《こころもと》ない、少年の背中。

その背中を見る者がいる。

その背中に救われる者がいる。

暗く絶望した世界で見る一筋の光明のように、燐音は目を細めた。

生よりも、死に益があると断じられた少女を。

だから燐音は己を助けようとするその背中に向けて言葉を紡《つむ》ぐ。

「――ありがとう」

竜の少女の述べる感謝は、少年の耳に届く前に風に吹かれて消えた。

竜の眼に決意という名の光が灯《とも》る。それは淡く、そして儚《はかな》い想《おも》い。

燐音は立ち上がり、つま先で地面を蹴り上げた。

真理に向かって土砂が巻き上がり、即席の壁となる。

「なっ……！」

視界を防がれた事、好意を抱く者を傷つけて動揺していた事、そして奇襲を警戒した事が重なって真理の動きが一瞬止まった。

だが燐音のしたそれは攻撃の為《ため》の目眩《めくら》ましではなかった。逃走の為の補助だ。

「うわっ⁉」

「ここは一旦距離を稼ぎます……！」

燐音は龍之介を肩に担《かつ》ぐように持ち上げて地面を蹴り、雑木林の中へと逃げ込む。

「ッ……！　追って！《吸血騎士団《ジギスムント》》！」

龍之介の視界に、地面から湧き立つ血液が甲冑《かっちゅう》の形を作り上げ、数体の血の騎士達が甲冑を鳴らしながら二人を追い立てる。

しかし、竜は騎士よりも速かった。

龍之介は物凄《ものすご》い勢いで木々が後方に流れていくのを眺めていた。

少女の肩の上で揺さぶられ、たまに硬い角が身体《からだ》に当たるのを感じる。

「おいなんで逃げるんだよ！　あいつだって話せばわかってくれるはず――」

「死にたくなければ黙っていなさい、舌を噛《か》みます。貴方《あなた》に発言権はな……いえ、そうではなく、そういう事が言いたいのではなく……」

燐音は頭を振る。

「彼女との対話は無意味です。最早《もはや》個人の裁量でどうにかできる状況ではない、この件に関わった貴方を残せば間違いなく彼女――《オーダー》に狙われ、捕らえられるでしょう、それは私が許容できません。それにこれは逃走ではありません、時間稼ぎです」

「その《オーダー》とかってなんなんだよ……」

雑木林を抜け、広場に出る。

広場の中央に聳《そび》え立つ大きなイチョウの樹《き》に隠れるようにして、ようやく停止した。

優しく丁寧に龍之介は地面に降ろされる。

「はっ……はっ……」

――死にそうじゃないか。

辛《つら》そうではなく、死にそう。

ぱっと見ただけでもそう思える程に、彼女は疲弊し、虫の息であった。

それは体中の切創が原因ではない。数は多いが、それは直接命に関わる傷ではない。

もっと別の要因だ。

汗がとめどなく溢《あふ》れ、それでも身体の熱を冷却できないのか熱湯を掛けられたかの如《ごと》く顔が赤くなっている。表情こそ変化は少ないが、苦痛に耐えているのは明らかだった。

触れていなくても彼女の熱が肌に伝わる。

満身創痍《そうい》。

「いづっ……！」

そしてそれは龍之介もであった。

興奮が冷め、どんどんと鋭い痛覚が襲ってくる。

燐音は龍之介の右腕を見る。

「酷《ひど》い出血、このままでは……」

とめどなく溢れる腕の出血は、確実に龍之介の命を削っている。

「一つ、訊《き》かせてください」

「な、なんだよ」

龍之介は今にも叫び声を上げたくなるのを必死に抑え、痛みに耐えていた。

ただ目の前の少女に情けない姿を見せたくないという意地だけで。

「何故、私を助けたのです。貴方が傷つく必要はありません。貴方には、私を助ける理由がありませんから」

「理由？」

──私の分まで、たくさんの人を助けてあげてね。

記憶にない、誰かの声が耳に響く。

「……俺が助けたいから助ける。それ以上何もいらねえんじゃねえか？」

ただそれだけの、なんて事はない言葉。

「──」

その言葉を聞いた燐音は息を呑《の》んだ。

それが一人の少女にとってどれだけの救いとなるのか。

その理由、その背景を、今の龍之介は知る由《よし》もなかったし、そんな言葉を述べた事もきっと一秒後には忘れているだろう。

人助けを趣味だと嘯《うそぶ》いた。だが彼にあるのはただ人を助けるという使命感だけだ。

きっとあの声が聞こえる限り、彼は己の身も顧みず、誰かを助けてしまうだろう。

その先に、過酷な運命と破滅があろうとも。

こうして救われる者がいる限り。

「……そう、ですか。損な人ですね」

「まあ、よく言われるよ」

何とか呼吸を整えた燐音が、龍之介を見つめる。

枝葉の隙間から差し込む月の光で、瞳に映る自分の顔もよく見えた。

その瞳の中には、それまで龍之介に対してあった拒絶するかのようであった刺々《とげとげ》しさがなくなっていた。

「――わかりました」

一度目を瞑《つぶ》り、意を決したように龍之介を真っ直《ます》ぐに見つめる。

「貴方はもう〝巻き込まれた一般人〟でなくなってしまった。だから《オーダー》の手に落ちればどんな目に遭うかわからない。そして私にも時間がない。だから龍之介、聞いてください」

「あ、ああ」

「……その、ですね……」

言いづらそうに、燐音は口ごもる。

「私と出会った時に貴方の手に宿ったあの光、それを持つ貴方としか……貴方にしか頼めない事があるのです」

「なんでも言ってくれ、俺にできる事ならなんでもやる」

「その言葉に、二言はありませんか……？」

「吐き出した言葉を引っ込めるような男じゃないつもりだ」

「……わかりました」

夜の下で、少女が言う。

「私と、ケッコンしなさい」

額に汗をびっしりとかき、だが眼力だけはそのままに、燐音はそんな事を言った。

「は？　結婚？　血痕？」

思いもしなかった突飛な単語に加えて、出血で思考が回っていない龍之介には理解する事ができなかった。否《いな》、仮に万全の状態でも理解する事などできなかっただろう。

「私はもう限界です、そして龍之介の怪我《けが》もこのままでは危険です。この状況を打破するには、それしかありません」

だから。

「ケッコンしなさい」

この期《ご》に及んで冗談にしか聞こえないプロポーズ。

だが燐音の声はどこまでも真剣で、本気だった。

「龍之介、貴方には断る権利がある。これは契約。ほぼ間違いなくこれより先、貴方は荊《けい》棘《きょく》の道を歩む事になるでしょう、何も知らずに後戻りというのはできなくなる。ですが今なら引き返せる。ケッコンする事で貴方に降りかかる災禍がどれほどのものかもわかりません。それでも私は敢《あ》えて言います。ケッコンしなさいと、私と共に惨苦を味わえと、その代わり、私はこの生涯をかけて貴方を守る事を誓います。いえ、もっと素直に、簡潔に言いましょう。世界を——私を助けてください、と」

その言葉は、龍之介にとってどんなプロポーズよりも確実に堕《お》ちる殺し文句であった。

「よくわからんが……」

龍之介は、金の眼《め》に向き直る。

「それをすれば、君を助けられるんだな？」

燐音がこくりと頷《うなず》く。

「わかった」

逡巡《しゅんじゅん》もなく、躊躇《ちゅうちょ》もなく龍之介は頷き返した。

彼の言葉を噛みしめるように、彼女は感謝の言葉を送る。

「ありがとう」

唐突に燐音が拘束衣の前面を引き千切り、肌を外気に曝《さら》け出す。

「お、おい急に何を……⁉」

薄い胸元、その中心。

胸骨のあたりに、赤く光る紋様が浮かんでいる。

それを見た瞬間、龍之介の左手薬指に異変が起きた。

付け根の辺りに、指輪のように淡い光の円環が浮かび上がったのだ。

その光は先程、一瞬だけ見たものと同じものであり、光が描く紋様は、燐音の胸元に浮かぶものに似ていた。

「これは……？」

「それは恐らく《聖印《リング》》と呼ばれるものです」

「《聖印《リング》》……」

「以前聞いた事があります。左手の指に灯《とも》る円環の光、それは幻想少女の罪を共に背負い、悪魔を抑える力なのだと。その話が正しければ、貴方の《聖印《リング》》と私の胸の《罪印《サイン》》が触れ、宣誓すればケッコンは完了するとの事です。何故《なぜ》貴方がそれを持っているのかは、わかりませんが……今はもうそれに縋《すが》るしかありません」

「さわっ……⁉」

龍之介は触れる事に躊躇した。

最初に彼女の肌に触れた時は、あまりの熱さに火傷《やけど》しかけたというのもある。

だがそれ以上に、彼女のその光に触れるという事は、何かとても冒瀆《ぼうとく》的で、罰当たりで、赦《ゆる》されない事のように思えたからだ。

「赦します」

慈《いつく》しむ聖母のような声音で、少女は言う。

「私に触れる事を、赦します」

雑木林を抜けて、ガシャガシャと夜の公園に甲冑《かっちゅう》の鳴る音が聞こえる。

真理が放った血の騎士達に追いつかれたのだ。

迷っている時間も、躊躇する時間も残されていなかった。

熱かったらとか、女の子の身体《からだ》に触るのが恥ずかしいとか、何が何やら意味がわからないとか言っている場合でないのは、鬼気迫るような彼女の真剣な目を見ればわかる。

「触るぞ……」

「……はい」

龍之介は指を胸に近づける。

指先と胸の距離が近付くにつれ、熱と光量は上がっていき、光は電子回路のような複雑さを伴って左手全体に広がっていく。

触れた。

その瞬間、龍之介の脳裏に、どこかで見た光景が瞬《またた》く。

夜、炎、少女、燃える家、無力な自分、誰かの言葉。

だがそれは一瞬。

燐音は目を閉じ、祈るように宣誓の言葉を紡《つむ》ぐ。

「病める時、健やかなる時、喜びの時、悲しみの時、富める時、貧しい時――」

それはまるで結婚式の誓いの言葉のようだ。

「死が我らを分かつまで、共に並び、立ち、支え、歩き、戦い続ける事を此処《ここ》に――」

一言一言紡がれる度に、龍之介の伸ばした左手薬指に熱が増していく。

光は焔《ほのお》のように立ち上り、左の薬指を燃やしていく。

「――誓いなさい！」

少女の声に、少年は応える。

「ち、誓う！」

運命はここに結実する。

――少女の左手の薬指に、光が灯った。

同時、一瞬だけ同色の光の宝冠《ティアラ》が頭上に顕《あらわ》れ、宝冠は光の粒となり消散する。

変化はそれだけに留《とど》まらない。

みるみるうちに燐音の全身の傷が塞がっていき、急速に彼女の身体から熱が引いていくのがわかる。

そして変化があるのは燐音だけではない。

「えっ、傷が……俺の身体どうなってんの⁉」

龍之介が腕に負っていた傷も、塞がっていく。

まるで彼女の治癒に共鳴するかのように。

「私に元々備わっていた治癒力が、ケッコンによって龍之介と繋《つな》がったのです」

燐音は確かめるように五指を開閉する。

「これで私は――」

満身創痍《そうい》の竜はもういない。

その身には、凛《りん》とした力が漲《みなぎ》っていた。

「──この星の頂点捕食者《エイペックスプレデター》です」

◆

真理は血で作った翼を広げ、竜と少年を追っていた。

だが翼は空を飛んで探す為《ため》ではなく、推進力を利用して走行の補助とする為だ。

《吸血鬼《ヴァンパイア》》は血を翼のように変形させる事で短時間の飛行能力を有しているものの、取り立てて飛行能力に秀《ひい》でているわけではない。

「《竜《ドラゴン》》とか《不死鳥《フェニックス》》みたいに肉体そのものが変質して翼が生成されるわけじゃないから仕方ないけど」

土砂による視覚妨害でまんまと逃げられたのは、不必要に警戒してしまった事、そして不意の乱入による動揺、完全に自分の落ち度だ。

だがそれもさしたる問題ではない。

追跡特化型の《吸血騎士団《ジギスムント》》を先行させ、自分はその後を付いていけばいい。

どうせ遠くまで逃げられないのだし、なんならあの衰弱具合なら《吸血騎士団《ジギスムント》》だけで

も討ち取れる。

血の臭いを辿《たど》らせれば、撒《ま》かれる事はない。

「半端《はんぱ》に暴走を抑制している影響で、因子の発現は不完全。翼を使って空を逃げられない以上、追い付くのは時間の問題。それはあの子もわかってると思うけど……」

それよりも今真理の思考を占めているのは龍之介の事だった。

それだって、己の任務に比べればさしたる問題では——

「ごめんなさい、先輩……」

真理は、敬愛する龍之介を自分の戦いに巻き込み、剰《あまつさ》え怪我を負わせてしまった事を己の中で正当化する事も、折り合いをつける事もできなかった。任務を言い訳にしても、自分が許せなかった。

刃が龍之介に当たる瞬間、咄嗟《とっさ》に武器を引いたおかげで身体を切断する事態は免《まぬが》れたが、あの怪我は下手をすれば命に関わる。

完全に自分の不手際《ふてぎわ》だ。

自分の不手際に、また龍之介を巻き込んでしまった。

「先輩……」

よしんば無事だったとしても、関わってしまった以上、彼に《オーダー》の追っ手が掛かる事は避けられないだろう。最低でも記憶消去は免れない。

それで龍之介との繋がりが断ち切られてしまっても構わなかった。彼が生きているのであれば、それが最善で最高だ。

「大体、あんなバカみたいな善人がこんな事に首を突っ込むべきじゃないんですよ……」

そこで、光が木々の合間を縫うように迸《ほとばし》った。

同時、自分の送り込んだ《吸血騎士団《ジギスムント》》が一瞬で全員消失した感覚が伝わってくる。

「えっ⁉　なんで⁉」

雑木林を抜けると少し開けた場所に出た。

中央に大きなイチョウの樹《き》が生えた広場だ。

「……」

思わず真理は足を止め、様子を窺《うかが》う。

広場の中央、イチョウの樹の前には、龍之介と燐音の姿があった。

燐音は、明らかにその姿は先程とは異なっていた。

憔悴《しょうすい》し、弱り切り、切創で血塗《ちまみ》れだったその身体には一切の傷がない万全な状態だ。

不完全だった翼には飛膜が宿り、空を駆けるになんら不足はない。

「傷が再生してる……《竜《ドラゴン》》の因子の力が戻ったの？　いえ、そんな事よりも……」

何よりも、真理が注視する箇所があった。

赤い紋様は消え、代わりに左手の薬指に光の環《わ》が灯っていたのだ。

そしてそれは後ろに立つ龍之介も同様。彼の左手薬指にも光の環が存在している。

その光の正体を、真理は知っていた。

「左手薬指に光の指輪……あれって……あれってもしかして、《聖印《リング》》……!?」

その光を見る目はまさに奇跡を目の当《ま》たりにしたように、呆然《ぼうぜん》と、だが輝いていた。

「嘘《うそ》……本当に、あったんだ……」

それに答える声はない。

竜が一歩を踏み出す。

「貴女《あなた》は強い」

凛としたその声、堂々としたその立ち姿、先程までの弱々しい死に体のものではない。

力強く、そして威厳に満ちていた。

「業腹《ごうはら》であるが認めましょう。貴女は、強い」

後ろに控える龍之介に視線を向ける。

彼の腕の傷は完治していた。普通であれば手術が必要な程の大怪我《けが》だ。

恐らくは、《聖印《リング》》によって《竜《ドラゴン》》の自然治癒力が龍之介にも繋がった結果だろう。

「……」

真理は何も言わず、燐音の言葉を黙って聞いている。

「だが、今の私には……龍之介がいる」

だから。

「私の勝ちだ」

「あっそ」

ここに来て、ようやく真理が構えらしい構えを見せた。

それまであった余裕や遊びの雰囲気は、今や完全に消え去っていた。

膝を曲げて腰を落とし、《血塗れ令嬢《カーミラ》》の穂先を地面に向ける。

「見せてもらうわ。結合魂魄術式《こんぱく》の力を」

対する燐音も片腕を前に伸ばす。

伸ばした腕の手首を逆の手で摑《つか》み、叫ぶ。

「瞋恚《しんい》を喰《く》らえ――」

己の纏《まと》う、ドレスの名を。

「――《ニーズヘッグ》！」

燐音の拘束衣が青黒い炎に包まれ、燃え上がった。

揺らめく炎は身体に、足に、腕に纏わり付き、それぞれが形を作っていく。

それは装甲。

本物の竜の素材で作られているかのようだ。

竜の鱗《うろこ》や甲殻を思わせる形状の、極限まで防御面積を削《そ》ぎ落とした鎧《よろい》だ。

鱗の胸当《ブレストプレート》と草摺《フォールド》、手の甲から肘まで覆う籠手《ガントレット》、靴《サバトン》と一体化した脛当《グリーブ》の材質は甲殻のようで、その先端に鋭い鉤爪《かぎづめ》を付けている。

そしてそれらは翼や尻尾に干渉しないように装着されている。

「なんだ、持ってるじゃない。どういう神経で死刑にする奴《やつ》に装備させてたのか知らないけど……まあいいわ。それがあんたの一張羅ってわけ？　随分と見窄《みすぼ》らしいわね」

真理の豪奢《ごうしゃ》な真紅のドレスとは違い、燐音の鎧は露出している肌の面積が多い。防具と言うには心許《こころもと》ないものであった。

「己の鱗より脆《もろ》い鎧を纏う者がいますか？　私にはこれで十分です」

「あっそ」

第二ラウンドの火蓋が切られた。

燐音が鞭《むち》のように尻尾をしならせて地面を叩《たた》き、双翼を広げる。

二人、同時に地を蹴った。

進むは直線、激突は必至。

吸血鬼が斧《おの》を振りかぶる。

竜は依然丸腰で、リーチの差は如何《いかん》ともし難《がた》い。

だがしかし、吸血鬼が武器を持っていて、竜が持っていない道理はない。

「《グラム》！」

声に呼応するように右腕の籠手に変化が起きた。

新たなパーツが生成されたのだ。装甲が一回り程増え、燐音が腕を横に振るうと、手の甲に当たる部分から光の刃が伸び、夜闇の中で煌々《こうこう》と輝く。

それは籠手であると同時に、剣の柄《つか》であった。

勢いをつけて振り下ろされた斧の一撃を、燐音は片手の剣一本だけで受け止めた。

「それがあんたの〝爪〟ってわけ⁉」

「はあっ！」

燐音は答えず、裂帛《れっぱく》の気合を返事にして真理を弾《はじ》き飛ばす。

「なんつー馬鹿力……！」

後方に吹き飛ばされながら、真理は舌を巻いていた。

《吸血鬼《ヴァンパイア》》は、身体能力という面においては幻想因子の中でも上位に相当する。真理自身、力においては絶対的な自信があった。

だがこうして全快の《竜《ドラゴン》》に直接触れて理解した。《竜《ドラゴン》》とその他では文字通り生物としての次元が違う。乗用車でダンプトラックに突っ込むようなものだ。

燐音が構えた。

一歩踏み込み、やや前傾姿勢になり、右腕を抱えるようにして腰を落とす。その姿はまるで刀を抜刀する直前の剣士のようだ。

「――ッ！」

真理の背筋に悪寒《おかん》が走り、咄嗟に《血塗れ令嬢《カーミラ》》で防御の姿勢を取る。

それは人とは比べ物にならない程に研ぎ澄まされた感覚故か、それとも数多《あまた》の戦闘経験からくる勘か。いずれにせよ、それが彼女の胴体から首が離れる事を防いだ。

《竜《ドラゴン》》が刃を振るい、剣閃《けんせん》が闇に残像を作る。

互いの距離にしておよそ一〇メートル。

《竜《ドラゴン》》の持つ武器は刃渡り一メートル。

振るったところで届くはずのない斬撃。

だがしかし、《竜《ドラゴン》》の一振りは空気を裂き、巨大なイチョウの樹《き》を伐り倒し、真理の首元へと襲いかかった。

盾にした《血塗れ令嬢《カーミラ》》が、硬質な音を立てながら半ばから割断されて固定化を保てなくなり、大量の血液となって地面にぶち撒《ま》かれ血溜《ちだ》まりを作る。

「こっちも本気でやんなきゃ駄目って事ね」

着地した真理が高らかに腕を掲げる。

「《吸血騎士団《ジギスムント》》！」

言葉と共に、真理の周囲に撒き散らされた血溜まりが湧き立った。

まるで血の池から生えてくるように、甲冑《かっちゅう》を着込み、剣や槍《やり》、そして盾を持った血の騎士達が次々と湧き出て、物量で押し潰そうと燐音に向かって一直線に殺到する。

「馬鹿げた力だけど、近付かなきゃどうにもなんないでしょ！」

騎士の数、そしてサイズ共に先程追走させた速度特化のものの比ではない。

雲霞《うんか》のごとく迫り来る血の騎士の群れに、しかし燐音は避けようとしない。

ただ黙って真《ま》っ直《す》ぐに騎士の奥にいる真理を見据え、腕を伸ばす。籠手には先程まで伸びていた光の刃がなくなっていた。

燐音の籠手、刃の収められていた〝口〟の部分に光が灯《とも》る。

「《竜《ドラゴン》》が近付けなければ戦えないなどと、随分と甘く見たものですね」

それは籠手であると同時に、柄であり——砲塔でもあった。

竜が吼《ほ》える。

「《ファフニール》!」

砲塔から、青い光が炸裂《さくれつ》した。

光は熱を帯び、極太の線となり、《吸血騎士団《ジギスムント》》をのみ込みながら、真っ直ぐに真理に向かって走る。

「くそったれ……!」

真理の悪態を、着弾時の爆発音がかき消した。

龍之介はその戦いを最後まで見届けた。

勝敗は決した。

爆煙が晴れていき、その中で地面に真理が倒れている。

だが死んではいない。

ダメージは大きいようだが、まだ生きていた。赤いドレスは解除され、外套《がいとう》と装甲服の姿へと戻っている。

「竜臓の余剰熱を利用した、炎息《ブレス》の因子兵装《レギンレイヴ》……」

真理は身を起こし、だが立ち上がれずに膝をつき、熱線を発射した燐音の籠手を虚《うつ》ろな目で見ている。

「貴女を生かしておけばまた襲ってくるでしょう。であれば、いっそここで――」

再び剣を伸ばした燐音が、膝をついた真理に向かって歩みを進める。

真理の目の前で止まった燐音が、剣を持つ腕をゆっくりと振り上げ、下ろす。

未《ま》だダメージが残っているせいで、迫りくる刃を躱《かわ》す事も防ぐ事もできない。動けるようになるまで、まだもう少し時間が必要だった。

真理は咄嗟《とっさ》に目を閉じる。

「待てよ！」

既視感《デジャヴ》。

龍之介が、真理を背に庇《かば》うように燐音の前へと飛び出ていた。

ピタリ、と切っ先が龍之介に触れる寸前で停止する。

「俺は君が助けを求めたからそれに応えた。でもそれは涼をやっつける為《ため》じゃなくて、俺と君が助かる為のもんだ。だから君がこれ以上俺の後輩に危害を加えるってんなら俺は後輩を、涼を助ける。どっちつかずって思うか？」

たとえ自分が燐音に斬られようとも、絶対に退《ひ》かないという覚悟があった。

「でもな、俺の後輩が死ぬのを見過ごすのは、絶対できない」

「せん、ぱい……」

龍之介の背中を見つめながら、真理が呟《つぶや》いた。

真理の瞳に映す光は、恋する乙女のそれだという事を龍之介は知るよしもない。

「ですがリスクを考えれば……」

燐音の言葉が途切れた。

龍之介の、テコでも動かないある種狂気じみたまでの覚悟を感じ取ったからだ。

「──わかりました。従いましょう。彼女の身柄を拘束し、《特災研》に引き渡します」

燐音が剣を納める。

「……甘いんですよ、ばか！」

刃を納めたのを見た真理が血の翼を作り出し、地面を強く蹴った。

そのまま翼を羽撃《はばた》かせ、大空に飛び立つ。

「待……」

逃げる真理を追いかけようと制止の言葉を言い終わる前に力尽きたのか、燐音の纏って
いた黒い鎧や翼、角、尻尾が霧散し、消え、拘束服に戻った。

そしてその場に膝から崩れ落ちる。

そこにいるのは破れた拘束衣を着た、一人の小さな少女だ。

「おい！　大丈夫か⁉」

慌てて龍之介は倒れる燐音を地面にぶつかる前に抱き止める。

彼女の体温は、先程までの異常な熱ではなくなっていた。

「すぅ……すぅ……」

見れば、静かに寝息をたてている。

「電池切れで寝ちまったか……これでよかった……のか？」

戦いは終わったものの、疑問は山積みだ。何一つ問題は解決していない。

「涼……」

龍之介は真理の飛び去った方角を見やる。

非日常の連続による疲労、後輩との偶然の邂逅《かいこう》。

気が緩んでいた龍之介が、車のエンジン音が近づいている事に気が付かなかったのは仕方がないといえよう。

数台の黒いワゴンカーが龍之介の前に停車し、ヘッドライトの光が彼を照らした。

「何だよ次から次に……⁉」

反射的に顔の前に手を翳《かざ》す。

勢いよくワゴンカーの扉が開いた。

中からぞろぞろと、ヘルメットと防護服を着用し、自動小銃で武装した集団が龍之介達を取り囲む。

その姿は、警察の特殊部隊を彷彿《ほうふつ》とさせるものだった。

その中の一人が、銃口を龍之介に向けて大きな声で警告の声を発する。

「動くな！　両手を上げて膝をつけ！」

理屈ではなく、直感的に龍之介は、これは警察ではないと理解した。

「……」

言葉に従うしか、龍之介に道はなかった。

龍之介の正面に停車した黒いワゴンカーから、二人の人物が降りてくる。

逆光で顔まではハッキリと見えなかったが、二人は武装した集団とは趣が異なった。

「暴れに暴れたって感じだね。万が一を考えて因子礼装《ヴァルキュリアドレス》を持たせておいて正解だった」

一人は気怠《けだる》げな声の白衣の少女。

「室長代理、第三因子に兵装を所持させていたのですか？　越権行為では……」

もう一人はスーツを着た長身の男性だ。

「更科《さらしな》君、備えあればなんとやら、さ。現に《オーダー》の連中を撃退できたのだからね。でもどうしてこちらの移動ルートが割れていたのだろう……」

白衣の少女が首をかしげる。

「ま、輸送用のヘリは一機失ったけど死者ゼロ、燐音も無事だから怒られる理由がない、そうだろ？　どうせあの状態のままでは兵装を使えなかったし、持たせた事で起きる面倒より持たせなかった事で起きる面倒が勝っていた。つまりは結果オーライって事さ」

「本当にこの方は……室長代理、第三因子の暴走進度治まっていませんか？」

「うん。検査は必要だけど、目視では暴走進度が停止ではなく完全に消失している」

室長代理と呼ばれた少女が龍之介──というよりは燐音──の所へと歩いてくる。

光を背負って見えなかった顔が、近付くに連れてその顔が顕《あらわ》になる。

その顔を見て、龍之介は本日何度目ともわからぬ驚きを覚えた。

「か、会長……？」

「しっ」

龍之介の先輩にして生徒会長の緋田蘭子が龍之介の唇に人差し指を当てる。

何故《なぜ》か制服の上から白衣を羽織っており、サイズが合っておらず袖が余っている。

蘭子は白衣の胸ポケットからペンライトのようなものを取り出して、燐音の瞼《まぶた》を開いて瞳孔を見たり、脈を測ったりしている。

医者みたいだ。そんな事を龍之介は頭の隅で考えていた。

「因子切れでガス欠起こしたのか……幻想因子の潜在化と《罪印《サイン》》の消失を確認。血圧、脈拍、体温も正常……DF値も通常の範囲内……これではまるで……」

蘭子は燐音の左手を取り、その薬指に浮かぶ痣《あざ》のようなものをまじまじと見つめる。戦闘中は光を放っていたそれは、燐音が気を失うのと同時に光が消失していた。

「んマジか⁉」

蘭子が急に大声を出し、慌てて自分の両手で口を塞ぎ、素早く周囲に視線を巡らせる。

「す、すまない、なんでもない」

「あの、会長」

おずおずと龍之介は両手を上げたまま、蘭子に話しかける。

「なんでここにいるんですか」

「ごめん、驚かせてしまったね。君に危害を加えるつもりはないよ。我々は特異災厄対策研究機構、略して《特災研》と呼ばれる組織の者だ」

「何言ってるんですか。そういう事ではなく……あれ、《特災研》って」

《特災研》。

その言葉は燐音と真理の口から出た単語だ。

燐音の所属する組織なのだろうと龍之介は当たりをつけた。

蘭子は龍之介の左手を見やる。

龍之介の左手薬指にも、燐音と同じように環状の痣が浮かんでいる。

「納得だ。だいたい事情は察した。太宰少年。すまないけど、研究所に戻って色々話を聞かせてもらう必要がある」

「いや、ちょっと待っ」

龍之介が言い切るよりも先に蘭子がペンライトを龍之介の目の前に翳した。ライトの先には、ピンク色の光が灯《とも》っている。

カメラのフラッシュのように、ピンク色の光が瞬《また》いた。

それを目に入れた瞬間。龍之介に猛烈な睡魔が襲う。

「ありがとう」

意識が途切れる寸前。蘭子の泣きそうな、だが優しい声が聞こえた。

第二章　人類祝福アポトーシス

「──はっ……⁉」

気が付けば、龍之介《りゅうのすけ》はベッドの上にいた。

高い天井とLEDライトが目に入る。

周囲を見ると、清潔感のある真っ白いカーテンに囲まれていた。

「どこだここ……」

──病院か……？

鼻をつく薬品のような臭いと、周囲の状況からそんな考えがよぎる。

寝起きだからか、頭に靄《もや》が掛かったようにぼーっとしてうまく思考がまとまらない。

「……ん？」

龍之介は自身の異変に気付いた。

身体《からだ》が起き上がらないのだ。

それどころか、寝返りすら打てない。

首だけを動かして身体を確認すると、どうやらベッドの上にベルトで固定されているようだった。服も着ていた制服ではなく、病院で入院患者が着る病衣のような服に着替えさせられていた。

ベッドの横に備え付けられた床頭台の上に、新品の制服が畳んで置かれている。

「なんでこんな……」

段々と頭の靄が晴れて状況がのみ込めてきた。

竜や吸血鬼のような少女達、公園での戦い、武装した集団、そして蘭子《らんこ》。

その蘭子に謎の光を見せられて──

「お目覚めになられましたか」

カーテンが開かれ、龍之介の目の前にスーツ姿の男が視界に飛び込んできた。

龍之介はその男に見覚えがあった。

蘭子と一緒にいたスーツの男だ。今はスーツのジャケットを脱いでワイシャツ姿であり、その上から白衣を纏《まと》っており、手には液晶タブレットのような端末を抱えている。

「私は更科綜《さらしなすべる》。ここで研究医をしている者です。早速ですが体調に問題は？　頭痛とか吐き気とかはありませんか？」

「え、あ、はい。特には……少々頭が重い程度です」

「強制催眠による副作用が見られる、と。それはそのうち治るので安心してください」

「後は右腕を怪我《けが》して——」

言いかけて、龍之介は自分の右腕を見る。

そこには真理《まり》から受けた裂傷の痕が大きく残っていた。だが傷は完全に塞がっていたし、問題なく手も動かせる。

(そうだ、あのケッコンとやらの光の時に治ったんだ……)

綜がベッドの横に備え付けられてある内線用の通信機を使って、誰かと喋《しゃべ》っている。

「こちら更科。例の少年が目覚めました。はい、はい、了解です」

通信機を置いた綜は、龍之介とベッドを繋《つな》ぐ拘束用のベルトを外していく。

「拘束していて申し訳ありません。規則なので」

拘束を解かれて自由になり、ベッドの縁に腰を掛けた。

「ここは一体どこなんですか?」

龍之介の問いに答えたのは、第三の声であった。

「それには私が答えよう」

先程と変わらず制服の上から白衣を着た、龍之介の先輩であり生徒会長の蘭子だ。

その首からは顔写真付きのＩＤカードをぶら下げている。

「更科君は上に報告書の提出よろしく」

「了解です」

入れ替わるように、綜が部屋から出ていった。

「会長……」

「今は会長ではなく室長代理なんだが……まあ太宰《だざい》少年ならいいか」

「夢じゃなかったんですね……会長がこんなとこにいるのも」

「ああ、全部現実だ」

蘭子の様子は学校で会う時と些《いささ》かの違いもない。

強いて挙げるとすれば、サイズの合っていない白衣くらいだ。

「まず最初に、太宰少年には言わなければならない事がある」

「なんです？」

「君は既に、君の知る常識から外れた世界にいる。それ故、何も知らなかった日常に戻る事はできない」

「あー……」

蘭子の言葉に、龍之介は先程燐音《りんね》に言われた言葉を思い出す。

——これより先、貴方《あなた》は荊棘《けいきょく》の道を歩む事になるでしょう。

覚悟だとか決意だとか、そんな大層なものはあの時には考えてなかった。ただあの場をどうにかしたくて、ただ目の前の女の子を助けたいと思っただけだ。

だが選んだ事に後悔はなかった。

「まあ、覚悟はしてますよ」

「話が早くて助かるよ」

嘯《うそぶ》く龍之介に、蘭子が頷《うなず》いた。

「ここは東京都九重《ここのえ》市西九重町三丁目。九重生化学研究所、知ってる？」

「西九重三丁目……」

燐音と真理の戦いがあった西九重公園からそう遠くない場所だ。

三丁目というと、ほぼ山の中である。

「つーと、山のてっぺんにあるあの……？」

小学生の時に、幼馴染《おさななじみ》の綾《あや》と一緒にその辺りに探検に来た記憶がある。

立入禁止の看板と、いくつもの監視カメラが印象に残っていた。

「正解。多分君の想像通りの所だ。つまりは山の中だね。そして生化学研究所の地下深くに今私達はいる。そう、文字通り山の中。九重因子地下研究所がここの名前。そしてここはその医務室。君はあれから二時間程眠っていたんだよ」

「九重因子地下研究所……」

龍之介は天井を見やる。

医務室には窓がなく、外の様子が窺《うかが》えないので地下と言われてもいまいち実感が湧かなかった。

「そして私は特異災厄対策研究機構――《特災研》日本支部九重因子地下研究所で研究室室長特別代理を務めてる。研究所のみんなからは専ら室長代理と呼ばれているね」

「研究室室長特別代理？」

「学生の身分は世を忍ぶ仮の姿。騙《だま》すつもりはなかったんだ、ごめんね」

言って、バツが悪そうな笑みを浮かべて蘭子は頬を掻《か》く。

研究室室長というのがどれくらいの地位なのかは龍之介にはわからないが、綜の蘭子に対する態度や彼らの肩書から鑑《かんが》みるに、目の前のこの少女は成人しているであろう綜よりも上司、あるいはそれに類する地位の人間だという事だ。

「普段の会長を知る身としては、いつものように茶目っ気のある冗談を言っているほうが可能性は高いですね……」

「そう見えないのも無理はない」

龍之介はまじまじと蘭子を観察する。

どう見ても研究室室長代理などという風体ではない。

それどころか普段から高校生かどうかも怪しんでいるのだ。あの小さく幼い身体は小学生のようにしか見えない。

「う～～ん、見えないっすね……」

「ま、女の子には秘密がいっぱいという事だな」

言って、蘭子は人差し指で龍之介の額を突く。

「今は高校生も兼任しているけど、研究医が本職だ」

「研究医、つまり高校生なのに会長は医大を卒業していた……？」

「まあその辺りを語りだすと前置きだけで二十分くらい掛かりそうだから、私の話はまた機会があればという事にしようか。他にも訊《き》きたい事は山積していると思うから」

その言葉を聞いて、最初に脳裏に浮かんだのは燐音の顔だった。

「あの女の子は無事なんですか？」

龍之介の言葉に、蘭子は頷いた。

「無事だよ。まだ眠っているけどバイタル面には何も問題は見られなかった。じきに目を覚ますだろう」

「そう、ですか……」

龍之介はほっと胸を撫《な》で下ろす。

「すまないね、一番最初に感謝の言葉を伝えるべきだった」

「感謝される事など、俺は何も……」

「ううん、君は国から、いいえ、世界中から称賛されてもおかしくない働きをしたんだ。何せ君は一人の女の子と――世界を救ったのだから」

「世界を……」

燐音も言いかけていた言葉だ。

世界を救っただなんて言われても、ただの高校生に実感なんて湧くはずがなかった。地球を破壊する爆弾を止めたわけでも、強大な魔王を討ち倒したわけでもない。

彼としてはおかしな連中のおかしな戦いの場に居合わせただけなのだ。

「実感があろうがなかろうが、事実は事実。それをどう受け取るかは君次第。さて、君も燐音の様子が気になるだろう？　疲れているだろうが、歩きながら話そう」

正直、訊きたい事は山程あった。

制服に着替えた龍之介は、蘭子に先導される形で医務室を出る。

無機質で、病的なまでに清潔な白い廊下だ。いくつもの部屋があり、部屋の中を窺う事はできず、あちこちに監視カメラが仕掛けられている。

「地下研究所と言ってましたけど、ここはどういう施設なんです？」

「幻想因子とそれを保持する幻想少女の研究が主の研究施設。他にも保護、管理、制御、そして秘匿保持を目的としている。あらゆる国家に属さず、あらゆる法に縛られない真《しん》に中立の組織、それが私達《特災研》。簡単に言うと秘密組織の秘密基地がここだ」

「秘密すぎてよくわかりませんが……それで、さっきもあの子が言ってましたけどその幻想因子やら幻想少女ってのはなんなんですか？　あの子とか涼《あばら》を指しているのは流石《さすが》にわかりますけど」

「そうだね……どう説明すべきか、あまり専門的な話をすると太宰少年が理解できないだろうし……」

蘭子は足を止めずに、思案する。

時折、蘭子と同じような研究員らしき者や、武装した警備員らしき者とすれ違う。

「予《あらかじ》め断っておくが、彼女達は人間だ、正真正銘のね。その人間である彼女達が竜や吸血鬼といった、現実に存在しない幻想生物の特徴——例えば竜の翼や吸血鬼の牙といったもの——を発現する、その源となるのが幻想因子、そしてその幻想因子を発現した者を私達は幻想少女と呼んでいる」

「えーとつまり、ドラゴンとか吸血鬼の力を持った女の子って事ですか……？」

「それそのものじゃあないが、まあ概《おおむ》ねその認識でいいよ」

廊下は時折扉が行く手を遮り、その度に蘭子がコンソールをいじって開けていく。

「単に因子とも呼ばれるそれが発現すると、幻想少女は超人的な身体能力や超常的な特殊能力を後天的に、そして強制的に獲得する。太宰少年もその力の一端は見ただろう？」

龍之介は先程の戦闘を思い出していた。

血を使って武器を作る、翼を広げて空を飛ぶ、巨大な鉄塊を投げる。凡《およ》そ人間には不可能な芸当である。

「俺の知らない所で幻想少女が実は世の中にたくさんいる、と」

いいや、と蘭子は首を横に振った。

「記録上、幻想因子は地球上に七つ、幻想少女は因子と同じ数、即《すなわ》ち七人しか地球上で同時に観測されていないんだ。幻想少女が死ぬと、因子は素質を持つ他の魂へと転移する。だから常に七つの幻想因子と、それに対応する七人の幻想少女が存在している」

七つの幻想因子。

「即ち――」

第一因子、《麒麟《きりん》》

第二因子、《不定《アモルファス》》

第三因子、《竜《ドラゴン》》

第四因子、《不死鳥《フェニックス》》

第五因子、《吸血鬼《ヴァンパイア》》

第六因子、《人狼《ウェアウルフ》》

第七因子、《夢魔《サキュバス》》

「以上。六種と一つ、計七つの幻想因子の何《いず》れかを持つ者の総称が、幻想少女だ。尤《もっと》も、《不死鳥《フェニックス》》の因子はここ十年程観測されてないのだが。まあ、あれは他の因子と違い発現まで時間が掛かる事もあるみたいだからね」

ふーん、と龍之介は頷く。

「纏《まと》めると、その七つの何れかの……幻想生物でしたっけ、それの力……えーと因子を持った女の子を研究しているのが《特災研》であると」

「大体合ってる。幻想少女自体が竜や吸血鬼等《など》のモデルであるという説もあるが――卵が先か鶏《にわとり》が先かっていうのはまだわかっていないね。幻想少女のルーツまでは明らかになっていないんだ」

せっかく長々と説明した事を簡潔に纏められ、腑《ふ》に落ちない様子で蘭子はパタパタと白衣の余った袖を振る。

吸血鬼という言葉を聞いて、一人の少女の顔が浮かぶ。

「会長、涼は……涼の事、知ってたんですか？」

「ああ、彼女についても知っていたよ。彼女が《オーダー》に所属している事、そして幻想少女である事も把握済みだ。彼女が入学してきた時からね。それは勿論《もちろん》あちらも承知だっただろう」

「《オーダー》……」

「《オーダー》はまだ《特災研》がその名前になるよりも前の母体組織から袂《たもと》を分かった組織さ。現在は我々《特災研》とは敵対関係にあるが、やってる事は大体同じだ。あちらのほうがやや強引で手荒なところはあるが、それ故秘匿を守る事に関しては信頼が置ける」

「はぁ……まあ俺としちゃあ生徒会の人間二人が、こんな常識外に関わってるのがびっくりしまくりですよ……はっ⁉　もしかして石動《いするぎ》と尾張《おわり》も⁉」

「いや、今日この日もこれまでもこれからもあの二人は普通の高校生だ」

「何で涼や会長がうちの学校に？　はっ⁉　まさか俺の不思議パワーを狙って⁉」

「いや、今日この日まで君は普通……いや普通ではないな……ちょっと変なただの高校生だったよ。狙われる理由はなかった。ま、君の〝力〟については改めて話すとして――涼君、彼女は恐らく偵察任務に学生の身分を利用していたのだろう。私がわざわざ入学していたのは……あれだ、趣味だ。ここから学校も近いしな」

「はぁ……趣味ですか」

ぜってえ嘘《うそ》だと龍之介は思うも、蘭子がこういう見え透いた嘘をつく時はそこで話題を打ち切る時だという事はこれまでの付き合いで重々承知していたので、それ以上追及はしなかった。

「それで、涼はどうなるんですか？　その、警察に捕まったり……？」

「それができれば苦労はしないんだけどね……公権力が動く事はない、というよりは動かせないが正しい。《オーダー》が彼女の進退をどう決めるかはわからないが、もしまた彼女が学生として過ごすのなら私としては今までと同じ関係を保っていたいと思うよ。立場の違いこそあれど、別に彼女個人に悪感情があるわけじゃないからね」

一つの扉の前で蘭子が立ち止まった。

それまでの自動扉よりも更に強固で、巨大で、中に入る者を拒むように――あるいは外に出る者を妨げるように聳《そび》えていた。

扉が開かれ、二人は足を踏み入れた。

そこは広く、薄暗い部屋だった。

中央には薄明かりに照らされた透明な牢獄《ろうごく》が鎮座していた。トイレもシャワーも備え付けられているが、それを隠すプライバシーも何もない箱。

その中には――

「あれは……」

《竜《ドラゴン》》の幻想因子を持つ少女、伊良子《いらこ》燐音の姿があった。

「伊良子燐音、第三の幻想因子、《竜《ドラゴン》》の因子を持つ幻想少女、コードネームは『竜姫《りゅうき》』。暴走進度第一段階末期にして、君とケッコンした女の子だ」

初めて会った時と同じような拘束衣を着せられているが、尻尾や翼は確認できない。

戦闘後に倒れた時のまま眠り続けているのだろう、椅子に縛られ目を瞑《つぶ》っている。

その寝顔は、先程までの文字通り竜が如《ごと》き戦いをしていた少女とは到底思えない。

「燐音は、死刑になるはずだった」

箱の中、すぐ側《そば》にいる燐音を見ながら、だが遠くを見ているように蘭子は言った。

「は？」

意味がわからず、真顔で聞き返していた。

「幻想因子の中には、『悪魔』が存在するんだ」

「悪魔……ですか？」

「うん。正式名称は《終末誘発悪性因子《ヘイムダル》》、見えざる器官——アストラル受容体に巣食うそれは幻想因子が発現すると同時に目覚め、時間と共に成長していく意思を持つ魂の癌細《がん》胞とも呼べる存在だ。意思を持つというのは比喩でもなんでもなく。本当に意思を持っているんだ。太宰少年、燐音の胸にあった赤い印を見たかい？」

龍之介は先程の出来事を思い返す。

頭に浮かんだのは胸元を大きく開けた燐音の姿だ。

「あのー、えーと……あれですよね、胸というか、首と身体《からだ》の間で光っていた……」

「あれは《罪印《サイン》》。あれこそが悪魔そのもの。そして悪魔がある程度成長すると、彼女達の意思と肉体の主導権を奪い、顕現してしまう。それが君も見た幻想少女の暴走だ」

「暴走……ってもそんな理性失って『ウガー！』みたいな感じじゃなかったですけど」

「君が見たのは暴走進度第一段階の状態だ。暴走には段階があって、この状態ではまだ理性は残っているが、幻想因子の顕在と潜在を任意に切り替える機能が喪失し、幻想生物の特徴が出続ける事になる。燐音で言えば翼や尻尾がしまえなくなってしまうんだ」

龍之介は燐音と出会った時の事を思い出していた。

確かに、あの時の燐音は常に角や翼が出っぱなしだった。

「そのまま暴走進度が進み、第二段階になると今度は悪魔が表層意識に出てくる。そして最終段階になると大規模な破壊を振り撒《ま》く災厄と化す。災厄の形は因子によって様々だけど、《竜《ドラゴン》》の因子の場合は単純。竜臓の発熱に際限がなくなり、周囲を燃やし尽くす爆弾となる。燐音に付けられた災厄等級は一級、一番上だ」

「一級って言われてもどんくらいの規模かよくわかんないんですけど」

「一九〇八年、当時のロシア帝国領ツングースカ川上流付近で超大規模な爆発事件が起きたのは知っているかい？」

「えーあー……すみません……世界史得意じゃなくて……」

「とにかく物凄《ものすご》い爆発だったんだ。範囲で言えば東京を丸ごと巻き込むというとてつもない破壊範囲だ」

「……東京丸ごとて」

「僻地《へきち》だった為《ため》に最小限の被害で済んだこの爆発事件の原因は、隕石《いんせき》によるものだとされてる——表向きは」

「表向き？」

「その真実は、過去の《竜《ドラゴン》》因子保持者の暴走の果て、竜臓の爆発によって引き起こされたものだ。他にも歴史的大事件の裏に幻想少女が絡《から》んでいる事はしばしばある。そしてツングースカ大爆発の災厄等級は三級、一級は既存文明の維持不能を指す。既存文明の維持不能は、特災研が規定する世界の滅亡。つまり、それ程の爆弾を燐音は抱えている」

「……よく今まで世界無事でしたね」

「いつもギリギリだよ。滅亡を阻止する為に、暴走状態になった、あるいは暴走の兆《きざ》しを見せた幻想少女はその身を災厄とする前に死刑になる。そして悪魔の成長は薬で抑える事はできても、止める事はできない。幻想少女というのはね、その力を宿した時から断頭台への階段を登っている存在なのさ」

「断頭台……」

「……」

蘭子は悲しげな視線を、檻《おり》の中の燐音に向ける。

「あの……死刑になった幻想少女はどうなるんです？」

「どうもこうも、普通に死ぬのと一緒だよ。ただ一つ違うのは、幻想少女が死ぬとその魂に宿っていた幻想因子は別の魂へと転移する。そして次の幻想少女が目覚める。そして死ぬとまた次の幻想少女に。何度も何度も、その繰り返しだ」

「でも待ってくださいよ」

龍之介が疑問を呈する。

「暴走の第一段階って常に因子をオンになりっぱなしなんですよね？　でも俺の……今は消えて痣《あざ》になってますけど、左手が光って、燐音の《罪印《サイン》》でしたっけ、あれに触ったら角とか消えたんですが、それってどういう事なんです？」

「そう、それが一番大事な話だ。君の左手のその環《わ》、それは《聖印《リング》》と言い、その力を持つ者を《魂印者《リンカー》》と呼ぶ」

「《聖印《リング》》、《魂印者《リンカー》》……」

「恐らく契機は暴走状態の幻想少女との接触。燐音と出会った為に、強制的に君の内に眠っていた《魂印者《リンカー》》としての力が目覚め、《聖印《リング》》が出現したのかもしれない。あの場に君という《魂印者《リンカー》》が偶然居合わせたのは、奇跡というほかないがね」

龍之介は自分の左手薬指を右手の指でなぞる。

「不確定な話しかできなくて申し訳ないが、まだまだ研究中の謎の多い分野でね、《聖印《リング》》と《魂印者《リンカー》》の記録が少し残っているだけなんだ。何故《なぜ》君にその力が備わっているのか、そもそも何故《聖印《リング》》などという力が存在しているのか、まだまだ解明には程遠い。だが君という奇跡が現れた事で、状況は大いに変化した」

蘭子は部屋の中央へと歩みを進める。それに龍之介も追随する。

「《聖印《リング》》は幻想少女の罪を引き受け、悪魔を支配する、全ての因子を統《す》べる力。その最大の能力として、《聖印《リング》》には暴走を抑える力がある。《罪印《サイン》》に触れ、特定の意味を含むワードを詠唱し、両者がそれに合意する事で魂同士の結び付きを強める、これを結合魂魄《こんぱく》術式という。結魂や結魂式とも呼ばれるものだ」

「結合魂魄術式、結魂……ケッコン……あー、そういう意味だったのか」

それは燐音があの時言っていた言葉だ。

結婚でも血痕でもなかった。

特定の意味を含むワードというのは、あの誓いの言葉のようなものの事だろうと龍之介は思考する。

「結合魂魄術式で結び付いた魂は、因子を強化し、悪魔の成長を止め、安定化させる」

「だからあの子の暴走が停止した、と」

蘭子は頷《うなず》いた。

「そして結魂状態で繋《つな》がった幻想因子の特性は《魂印者《リンカー》》に一部フィードバックされる。太宰少年の右腕の傷痕、それは《竜《ドラゴン》》の再生力がフィードバックされたものだろう。尤《もっと》も、完全に《竜《ドラゴン》》の再生力を得るわけではないから傷痕は残るし、大きな怪我《けが》をすれば死ぬ。肉体の組成はあくまで人間ベースだからね、フィードバックされた力も弱まる」

「なるほど……」

「ただ一つ、注意が必要なのは、結魂、暴走の安定化、因子の強化ができるという事は、逆の事もまた可能かもしれない、という事だ」

「逆、ですか？」

「即《すなわ》ち結魂の解除、暴走状態の促進、因子の弱体化さ。あくまで理論上の話だけどね、太宰少年が破滅願望持ちであったなら世界は終わりって事さ」

「や、やりませんよ……」

「そこは当然信用しているよ。そして《聖印《リング》》でも暴走進度第二段階から暴走の安定化をさせたという事例はない。第二段階は理性が消失するから、合意が必要な結魂ができなくなるのは当然の話だけど」

「つまり、《聖印《リング》》とやらで暴走を第二段階にさせないようにしなければならないと」

「そういう事。私も幻想少女から因子とその呪縛から解放しようと、人工的に《聖印《リング》》を再現できないかと研究していたのだけど、これまであまり進歩がなかった。が、これからは違う。何せ実物があるのだから、大きく前進するだろう。本当はすぐに全ての幻想少女達と結魂して欲しいところだが……複数の幻想少女と結魂する事で太宰少年にどのような影響が出るかわからない。不確定な要素が多すぎるからね、慎重にならざるを得ないんだ」

蘭子は燐音が封じられている檻に触れる。

「もし君が彼女のような人間を増やしたくないと思ってくれるのならば、我々に協力して欲しい」

「協力、ですか」

「《聖印《リング》》の力があれば、燐音を、ひいては幻想少女という存在自体を救う事ができる。それはそうだな、世界を救う事と同義と言っても些《いささ》かの誇張もないだろう。そして可愛《かわい》い後輩の研究を《オーダー》に邪魔されるのも癪《しゃく》だ。太宰少年は私のもとに置いておきたい、そういう個人的な感情もある」

蘭子が片手を差し伸べる。

「どうだろう、君の力で我々を助けてはくれないだろうか」

「俺の、力で……」

「《聖印《リング》》、そしてその力を持つ《魂印者《リンカー》》は私がずっと研究し続け、望んでいた力だ。君という存在は、お伽噺《ときばなし》に出てくる生き物よりも、幻想少女にとってはお伽噺のような存在で、でもその存在に縋《すが》るしかない希望と救済の象徴なんだ」

「希望と救済の象徴……」

「《オーダー》にとっても君は喉から手が出る程に欲《ほっ》されている人材だ。君の力を巡って争いが起きるだろう、君自身、元の日常には戻れないし危険が及ぶかもしれない。それでも尚《なお》、私は君に願おう。私達を救ってほしいと」

龍之介は封じられた竜を見る。

「俺なんかに何ができるのか、まだ全然わかんないですけど……」

答えなど、初めから決まっていた。

「やります」

何の躊躇《ためら》いもなく、その手を取った。

「……ごめん。ありがとう」

「何で謝るんですか水臭い、俺は会長の頼み事なら何でもやりますよ。それで、俺は何をすれば？」

「何、そう難しい話ではない。君達にはこれから――――」

◆

「――はっ……!?」

気が付けば、龍之介は畳の上にいた。

低い天井と見慣れたランプシェードが目に入る。

周囲を見ると、薄汚い壁と襖《ふすま》に囲まれていた。これまた見慣れた自分の家だ。

ダンベルと空手教材が散らばった七帖《じょう》と五帖の畳張りの部屋。

かろうじて別々の狭い風呂《ふろ》とトイレ、歩くと軋《きし》む床。

必要最低限の家具は、古いか安物か古くて安物。

一人で住むには少し持て余し、二人入ると手狭になる。築数十年で、色褪《いろあ》せた小豆色のトタン外壁で、ボロボロな、木造建築平屋建ての借家。

このボロ家こそが、彼の住処《すみか》であった。

「夢、か……」

窓から射《さ》し込む陽射《ひざ》しに目を細める。

おかしな夢を見た。

龍之介は頬を擦《こす》ると、頬に畳の跡が付いていた。

頭がぼーっとして身体《からだ》がだるい。

「あだっ、あだだだ」

全身が凝り固まって筋肉痛を訴えている。

身体がべたつくが、何故かワイシャツが新品のようにパリッとしている。

「風呂、入るか……」

寝ていたのになんだか物凄《ものすご》く疲れていた。

千鳥足で脱衣所に向かう。狭い家だ、脱衣所まで十歩も必要ない。

脱衣所の引き戸を開く。

龍之介は一人暮らしであり、それ故家に他の人がいるはずがない。

なのに、だ。

「あるぇ?」

「ひゃあっ」

何故か脱衣所には女の子がいた。

長い髪は濡《ぬ》れており、同じく濡れた白く細い華奢《きゃしゃ》な身体は湯で火照《ほて》っており、そしてそれらをタオルで拭いていたところであった。

誰がどう見ても風呂上がりだ。

その少女を、龍之介は知っていた。

というか、伊良子燐音だった。

龍之介は思考がハングアップして完全に停止している。

燐音は風呂上がりで上気した身体とは別の理由で頬を赤らめ、上目遣いにこう言った。

「……ケッコンしている身とはいえ、もう少し手順を踏んでください。ばかもの」

パタ。

と、建て付けの悪い脱衣所の引き戸が閉められる。

「…………」

龍之介は閉じた脱衣所の前で、戸を虚無となって見つめている。

「おはよう太宰少年。起きたか」

そんな龍之介の肩を気さくに叩《たた》く者もいた。

家の中でダボダボの白衣を着た気怠《けだる》げな少女。

というか、緋田《あけだ》蘭子だった。

「え……？　会長……何で俺の家に……？」

「いくら健康な青少年といえど、朝から女子の風呂を覗《のぞ》くのは感心しないなぁ」

「いや別に覗いたわけじゃ……ええ……？」

「では、まだ時間があるとはいえ学校に遅刻しないようにな」

ナチュラルに龍之介の部屋に入ろうとする蘭子を引き止める。

「これ一体どうなって……？」

「ん？　ああ、それは強制催眠の副作用で記憶が混濁してるんだ。何、大丈夫さ。すぐに思い出す」

そう言って蘭子は龍之介の部屋へと入っていった。

だんだんと靄《もや》が晴れるように思考がクリアになっていく。

龍之介は意識を失う前に聞いた、蘭子の言葉を思い出していた。

――君達にはこれから一緒に暮らしてもらう事になる。

第三章　学園共騒ドラゴンパンデミック

——子守竜計画。

『君にはその計画に、協力者という立場で参加してもらう事になる』

龍之介《りゅうのすけ》は記憶を失う前に蘭子《らんこ》とした会話を思い出していた。

『《魂印者《リンカー》》は、《特災研》にとっても最重要人物だ。そして《オーダー》にとってもね。だから一緒に暮らしてもらう。常に一緒に行動させる事で燐音《りんね》が暴走する危険性が薄まり、太宰《だざい》少年が他組織の手に渡る事を防ぐ事ができる。そして《聖印《リング》》の効果は距離によって増減するとなれば実に合理的だろう？』

暴走抑制効果による因子安定化の継続的経過観察、最終的に因子の根絶を目的とした計画。それが子守竜計画という事らしい。

『ちなみに責任者兼緊急時の医療スタッフなので私も一緒に住む』

『え……？　会長も……？』

『何だねその態度は、私では不服かい？　あ、嫌そうな顔をしたな今。あーあ、傷ついたなー傷ついちゃったなー太宰少年とは仲良しだと思ってたのになー！』

『なんでそんな事言うんですか！　嫌だなんて言ってないですよ！』

そんなやり取りの直後にまた謎の光を喰《く》らって、気付けば家に戻っていたのである。

「あんな話をしたし、あんな事があったものの……流石《さすが》に自分の家に女子が二人住むってのは現実感がねえな……つか三人は狭くねえか？」

子守竜計画の発案者にして責任者の蘭子は、燐音と入れ替わりでシャワーを浴びている。

龍之介の家の設備はそのどれもが古い物なので、シャワーも丁度いい湯加減に調整するのが難しい――燐音が浴びていたシャワーはほぼ熱湯だったそうだ――と、蘭子がギャーギャー騒いでいた。

蘭子への対応が終わると、訪れたのは静寂だ。居間に残されたのは龍之介と燐音の二人、そして燐音は話しかけるのに躊躇う程の刺々《とげとげ》しいオーラを放っている。

（気まず……！）

制服に着替えた龍之介は、静寂に耐えられなくなって落ち着かない様子で部屋をうろうろしつつ、ちゃぶ台の前に座る燐音を見る。

（女子と喋《しゃべ》るのあんま得意じゃないんだよなぁ……生徒会の連中とは世間話くらいはでき

るけど基本的に何話したらいいのかわかんねえし、女子が何考えてんのかわかんねえ)

燐音も西九重《にしここのえ》高校の女子制服姿であり、ちょこんと正座していた。

(改めて見るとめっちゃ可愛《かわい》い……っつーか綺麗《きれい》な子だなぁ)

伊良子《いらこ》燐音、不思議な少女だ。

騎士や武士を思わせる凛《りん》とした雰囲気を纏《まと》うミステリアスな美少女。

暴走しかけていた時の燐音は溶け出した氷のような儚《はかな》さと危うさと美しさを併せ持っているような印象があったが、今は雪見バニラ饅頭《まんじゅう》のような可愛さに変わっていた。

ただでさえミステリアス系美少女の雰囲気バリバリであるのに、制服を纏った燐音は清《せい》楚《そ》感が更に増している。

背筋をピンと伸ばして姿勢良く正座しており、ただそれだけで小さな部屋の空気が引き締まったような感じさえする。

「龍之介」

「へぁ⁉」

急に話しかけられて龍之介の声が裏返る。

「落ち着きなく無意味に部屋を歩かれても目障《めざわ》りです。座りなさい」

「え、あ」

「座りなさい」

「あっ、はい……」

　圧に屈し、龍之介はちゃぶ台を挟んで燐音の対面へと座る。

（こうして見ると……昨日戦っていた子とは大違いだな……）

　今は角も翼も尻尾もなくなっている。

　こんな少女が殴り合ったり、剰《あまつさ》えビームを出したりなんてするようには見えず、なにか悪い夢だったのではないかと思う程だ。

　美少女二人とひとつ屋根の下という如何《いか》にもなシチュエーション。

　龍之介としてはいきなりの共同生活に戸惑いはあったが、己を取り巻く状況や、協力するという話をした以上は仕方がないと割り切るくらいの分別はあった。

　だが目の前の少女は別だ。必要だとはいえ、自分のような男と一緒に暮らすのが精神的苦痛になる可能性はありうる。互いの精神衛生上、相手がどう考えているのかを確認するのは大事であると龍之介は考えた。

「……」

　ちらりと燐音を見やる。

　胸中穏やかでない龍之介とは正反対に、燐音は実に落ち着いている。というよりも、そもそも龍之介に対してあまり興味を持ってなそうである。

なんだか態度も刺々しいというかそっけないし、嫌われているのではないか、そう龍之介が心配になる程だ。脱衣所で裸を見てしまったのだから、無理のない話ではあるが。

意を決し、龍之介は燐音に話しかける。

「伊良子さんは――」

「燐音です」

小さく、だが強い意志で遮るように燐音が已の名を呟《つぶや》く。

「龍之介、私達はケッコンした仲です」

「結合魂魄《こんぱく》術式ね」

「他人行儀にならず燐音と呼びなさい」

「んっんん！　燐音……さんは」

一度咳払《せきばら》いをし、再度口を開いた龍之介に、燐音は鋭い視線を向ける。

「何度も言わせないよう、燐音です」

「……燐音は、俺なんかと一緒に暮らすの大丈夫なのか？　嫌じゃないか？　計画だとかいう話ではあるが、嫌なら言ってくれ。それがお互いの為《ため》だ。言いづらいのであれば俺から会長に掛け合って――」

「いいえ」

小さく燐音は首を振った。

「別に嫌というわけではありません」

「気を遣わなくてもいいんだぞ？　よく知らない男と一緒に住むなんて年頃の婦女子には精神的な負担が大きいだろう。それもこんな狭い部屋で」

「……聞きなさい、龍之介」

「はっ、はい」

「私がそうしたいのです。私は、その……龍之介を……ケッコンしたからとかそういうのではなく……ただ純粋に……」

燐音は首を横に振ってもごもごと口ごもる。

表情こそ変わらないが、どこか恥ずかしそうにしている。

「俺が、何？」

龍之介が訊《たず》ねると、燐音は意を決したように口を開いた。

「すっ」

「す？」

頬を赤らめて、視線を逸《そ》らし、燐音は言う。

「――好いていますから」

――今俺、告白されたのか？　龍之介は胸の前で腕を組んで考える。

「んん～～～～～～～～～～～～～～～～～？」

頭を捻《ひね》って深く深く考える。

その言葉が持つ意味を。

龍之介は、自分が告白される理由がないと考えているからだ。

昨日出会って今日告白とは流石に超特急すぎる。

自分の早とちりではないか？　そう思って龍之介は聞き返そうとする。

「ええっと、俺は別に好かれるような事は……あ、好きっていうのは友――」

「男として、異性として、龍之介の事を好いている、という事です。恋愛感情がある……のだと思います。人を好きになるのは、何分初めての事ですから私自身、戸惑っています。昨夜身を挺《てい》して私を助けて頂いた時に、恋をしてしまったのだと思います。それとは別に、感謝もしているんですよ？」

「いやそんくらいで――」

「いえ、いいです。別に龍之介の答えが聞きたいわけではありませんから、龍之介が私をどう思っているのかはあまり関係がありません。単に私の気持ちを言語化して出力しただけです。つまりは、私はこの計画に不満はありませんし、むしろ歓迎している立場だという事です。それだけ覚えていればいいのですよ。その……この話はやめにしましょう。恥ずかしいので、私が」

一息で言い切って顔を赤くしたまま、燐音はそっぽを向いた。

一方、お堅い女の子かと思ってたけど結構喋るなこの子……。と捲《まく》し立てられて圧倒された龍之介はそんな事を考えていた。

「なっ、なんですかその反応は！　もう少し嬉《うれ》しそうにしたらどうなのですか！　それともなんですか……」

燐音の声は段々とトーンダウンしていき、声もか細くなり、瞳も不安に揺れていく。

「わ、私では不服だと、そういう事ですか……？」

「ええ……不服だとかそういうのじゃねえけど……」

「そうですか……では」

彼女の真意がどうあれ、一先《ひとま》ず嫌われてはいないようであった。

「世界を滅ぼすふつつかな竜姫《わたし》ですが。これからよろしくお願いします」

燐音が龍之介に向き直り、床に三つ指をついて深々と頭を下げた。

「う、うん……よろしくお願いします……」

そこまで言われて龍之介も悪い気はしない。が、照れくさくなって視線を汚く低い天井へと向ける。

「まあその、なんつーの？　こういうシチュエーションって金出してでも代わりたいって奴《やつ》多いだろ。可愛い女の子とひとつ屋根の下ってのは」

「かわっ……!?」

――こういうのは下心があるように思われるから言わないほうがいいのか？　そんな余計な事を考えながら燐音へと視線を戻す。

「!?」

そして、驚愕《きょうがく》に目を見開いて固まった。

「ま、まあ私が可愛いというのはその……た、確かな審美眼があると褒めてあげるのも吝《やぶさ》かではありませんけど……」

龍之介の言葉を聞いた燐音は、恥じらいに顔を赤く染め、その頰に両手を当てて照れていたが、その事に対して驚愕したのではない。

「な、なあ燐音……それ」

「はい？」

龍之介は燐音の頭部を指差す。

「角、出てるけど……」

「えっ⁉」

燐音は慌てて、自分の両手を頬から頭へと移す。

彼女の頭部には二本の角が伸びていた。

「きゃあ⁉」

燐音は慌てて両手で角を覆い、ちゃぶ台の陰に頭を隠す。

「申し訳ありません……感情が昂《たか》ぶるとごく稀《まれ》に出てしまうんです……」

「学校で出たら大変な事になるから気をつけて貰《もら》うとして、なんで隠れてんの……？」

「す、好きな人にこのような醜態を晒《さら》すのは、恥ずかしいものですから……」

「醜態？」

「その……私のような女に尻尾や角が生えているのは……気持ち悪いでしょう……？」

「気持ち悪い？　いやかっこいいだろ？　別に気持ち悪いとは思わねーよ」

それは燐音を思いやっての言葉などではなく、龍之介の偽らざる本心であった。

「かっこ、いい？」

ひょこり、と燐音がちゃぶ台から顔を半分覗《のぞ》かせる。

「いや最初見た時はびっくりしたけどよ、可愛《かわい》い女の子に角とか尻尾ついてるとか最高だろ。嫌いな男子いるの？　って感じだ。男の子はみんなランドセルとか裁縫セットでドラゴンが描いてあるのを欲しがるからな」

「そうなのですか？」

「100％だ！」

「ず、随分と言い切りましたね……では、龍之介もこの姿は嫌いではない、と……？」

「むしろ好きまであるな」

「そう、ですか……そうですか。うふっ、うふふ……」

燐音は微笑《ほほえ》みながら、自分の目の端にうっすらと浮かぶ涙を指で拭った。

龍之介はようやく合点《がてん》がいった。

彼女にとって、他者と異なるその姿は劣等感であったのだ。

無理もない。

身体的コンプレックスなどはありふれているものだし、ましてや人間に存在しない部位が形成されるとなれば気にするのも当然の事であり、それが思春期の少女であるのであれば尚更《なおさら》だ。

「物好きな人ですね」

「いつかじっくり見せてくれよ。なんてな、ハハッ。冗だ――」

「いいでしょう」

燐音は頷《うなず》いて、おもむろに着ていたブレザーを脱ぎだした。

「ん今⁉」

突然の燐音の行動に、流石《さすが》に疑問の声が自然と口から飛び出る。

「異な事を言う男ですね。私の尻尾や翼を見たいと言ったのは龍之介でしょう？」

「冗談のつもりだったんだけど……それに何も脱ぐ必要は……」

「脱がないと生やす時に制服が破れてしまうでしょう？　下ろしたて故に破るのは少々抵抗がありますが……いえ、破れと言うのであれば私も従いますが……」

幻想少女の器官は肉体の延長線上に生成されるのであれば、服を着たままでは衣服が破れるのも道理だ。

「い、いや破らなくていい破らなくていい！　脱いでくれ！　いやそういう事じゃねえよ！　俺は別に冗談で――」

「そうですか……やはり……龍之介も……」

「うわー！　たんのしみだなあ！」

捨てられた子犬のような燐音の視線に耐えきれず、龍之介は両腕を上げて吼《ほ》えた。

「もー！　そこまで見たいのですか？　仕方のない人ですね龍之介は。そこまで請《こ》われては私も一肌脱ごうというもの」

燐音はウキウキしながら制服を脱ぐのを再開する。

ブレザーを畳んで床に置き、リボンを外し、ブラウスのボタンも外していく。

その光景が官能的であり、龍之介は頰を掻《か》いて視線を逸らす。

なんだか純情ぶってやがるが、全てはこの男が言い出した事である。

燐音はブラウスを脱ぎ、ブラジャー一枚となる。

背中が大きく開いたものであり、どうやら因子による竜の特徴が発現した際に干渉しないデザインのようであった。

スカートのホックに手を掛けたところで、龍之介は制止の声を上げた。

「……すまない、スカートだけは穿《は》いといてくれ」

「承知しました」

パンツ丸出しにするのは如何《いかが》なものかと思ったが故の注文だったのだが、単にそういうフェチの変態野郎みたいになってしまっていた。

上半身だけ下着姿の燐音と、変態野郎が向き合う。

「あ、あの……ですね。発現の過程を見られるのは、いくら私とはいえどもやはり少々羞恥があります……故に少しの間眼《め》を瞑《つぶ》っていて欲しいのですが……」

「あ、ああ」

言われた通り、龍之介は目を瞑る。外部器官生成シーケンスを見たい気持ちは十分にあるが、こればかりは仕方がない。

己の一部を曝《さら》け出すのだ。恥ずかしいのも無理はなかった。

——脱ぐところから目を瞑ってたほうがいいんじゃねえか？　そう龍之介は思うものの、全ての元凶であるこの男に正論を吐く権利は存在しない。

何やらゴキゴキと骨の鳴るような音が聞こえて目を開けたくなるのを必死に我慢する。

「よ、よろしい。では私の御姿《みすがた》を刮目《かつもく》しなさい」

しばしの後、目を開く。

目の前には上半身下着姿で、下半身にスカートを穿いた美少女がいる。

だが決定的に先程と異なる特徴が現出していた。

角がある、翼がある、尻尾がある。

それらは全て昨夜見た竜の特徴である。

既に見た姿だというのになんだか感動してしまい、龍之介は感嘆の声を漏らす。

「お、おぉ……」

「あの……何か言いなさい……」

「いや、ごめん。なんか改めて見ると感動しちゃって……」

「そ、そうですか……そこまで喜ばれると私としても満更ではありません」

「うん……」

「では、触ってみますか……？」

「うん……うん⁉」

急な申し出に、龍之介は戸惑った。心底戸惑った。

女性の身体《からだ》を自分から触るという事など今までの人生でほとんどなかったし、気恥ずかしさや罪悪感があった。

だがそれ以上に、竜の部位に触れるという好奇心、そして彼女が自身のコンプレックスを曝け出し、勇気を出してもう一歩を踏み出そうとする心意気、それと好奇心が勝った。

「い、いいのか……？」

「そんなに感動されては悪い気はしませんし、それに……龍之介だけですよ？」

「そ、そうか……」

恥ずかしがる燐音の横に龍之介は座り直す。

「じゃあ、さ、触るぞ」

「ええ、いいでしょう、私に触れる事をゆ、赦《ゆる》します……」

龍之介は太い尻尾を持ち上げて膝に乗せる。

「へー尻尾はこうなっているのか。昔動物園で触ったニシキヘビを思い出す重量感だ。これって動かせる？」

「え、ええ……」

尻尾がうねうねとそれこそ蛇のように蠢《うごめ》く。その力は強く、活《い》きの良い大型の魚でも持ち上げているかのようだ。

龍之介は尻尾の先端を上下に擦《こす》り、感触を確かめる。

「んっ……」

吐息を漏らし、燐音は身じろぎをした。

未知への好奇心が満たされ、次は翼、そして角へと興味を移し、それらをねちっこく触っていく。

翼や角の先端を、龍之介が扱《しご》くように擦る度に燐音が小さく身を捩《よじ》っていたが、龍之介は全く気付いていなかった。

「なあ逆鱗《げきりん》はないのか？　ドラゴンって逆鱗触られると怒るってマジ？　ゲームとかだとレア素材だよな逆鱗って」

龍之介はおもむろに喉元に手を伸ばす。

「あっ、そこはだめですっ……！」

まるで犬や猫の喉元を触るように、燐音の首元を指で撫《な》でたその瞬間だ。

「あだっ」

唐突に燐音は龍之介を突き飛ばして、龍之介は畳の上に背中をぶつける形となる。

龍之介が視線を向けると、燐音に生えていた器官が消失し、人間体へと戻っていた。

燐音はブラウスを着ようとするが、手が震えて上手《うま》くボタンが掛けられないので諦めて前面を開けたまま龍之介の方へ顔を向ける。

「ふーっ、ふーっ……」

「……燐音？　俺なんか怒らせた？　もしかして嫌だった？」

頬を紅潮させ、額に汗を浮かべ、鼻息を荒くした燐音が龍之介の両肩を摑《つか》んだ。

「申し訳ありません、因子を発現しっぱなしにすると、角なんかで怪我《けが》をさせてしまいそうでしたので」

「いたっ、いたたたた、何何何何」

燐音はそのまま龍之介を床へと押し倒し、両脚を使って龍之介の両腕をホールド。完全にマウントポジションを取る。

「え!? なになになに、ごめんて！ 俺なんか地雷踏んじゃった!?」

「ええ。因子発現中に逆鱗――つまりは喉元に触れられると一種の興奮状態に陥ってしまうのです。なのでちょっとムラッと来てしまいました」

「イラっとだろ!?」

「安心なさい、怒っているわけではありませんので」

「というか本当に動けないんだが、どうなってんだこれは！ うわすっごい力！ ドラゴンパワーってすごいな！ つか角とか出てなくてもデフォで超パワーなんだねえ!?」

彼女の体重は恐らく同年代の平均程度だろう。見た目だけでも筋肉があるようにはとても見えず、骨格も華奢《きゃしゃ》で小柄な女の子にしか見えない。

しかし、龍之介が上半身を動かして抜け出そうとしても万力で固定されているかのようにびくともしない。

燐音がゆっくりと、龍之介の耳元に唇を近づける。

長く綺麗《きれい》な髪の毛が龍之介の顔に掛かり、蕩《とろ》けるような甘い香りが鼻腔《びこう》をくすぐる。

形の良い瑞々《みずみず》しく艶《つや》やかな唇が開かれるのを、龍之介は視界の端で捉えていた。

囁《ささや》く。

「今度は――こちらの番ですね」

透き通るウィスパーボイス。その囁きはあまりにも魅力的で、蠱惑《こわく》的であった。

「龍之介も触ったのですから、私が龍之介に触るのは理に適《かな》っているでしょう？」

「ナニを⁉」

燐音は器用に、龍之介のワイシャツのボタンを片手で一つずつ外していく。

「大丈夫です、安心なさい。痛くはしません。男というのはこうすれば喜ぶというのを蘭子から聞いています。龍之介は天井の染《し》みを数えてるだけでいいのです……」

「あの人は何を教えてんだよ！」

つつ、と細い人差し指の腹で龍之介の胸板をなぞる。

龍之介は彼女の美しい瞳の奥に小さなハートが浮かんでいるような幻覚を見た。

「も、もうちょっと段階踏んでー！」

「うぶなねんねじゃあるまいし……大人しく手籠めになりなさい」

「キャー！　たっ、たしゅ……助けてー！　会長ー！　緋田《あけだ》ドクター！」

龍之介の言葉に応えるかのように、風呂《ふろ》場から蘭子が居間に入ってくる。

「何だ、朝からうるさいぞ」

全裸で。

「服着ろや！」

「理不尽だなぁ。太宰少年が呼んだんだろう。急いで出てきたのに、ひどい言い草だ」

「ああもう！　いいから見てないで助けてくださいよ！」

「それで、何をしているんだ燐音」

「龍之介が私の尻尾や角を触らせてほしいと言ってきたので、触らせました。そうしたら逆鱗にまで触れたので、今度は私が龍之介を触っているところです」

「触ってみますかって最初に言ったの燐音じゃん！」

「黙りなさい」

「ふむ……」

蘭子は顎に手を当て、一瞬だけ思案する。

「結論としては、正当な対価と言わざるを得ないな……竜の逆鱗に触れてはいけない、常識だろう？」

「常識なんだ⁉」

燐音の力が増した。

論理的に敗北した龍之介の最後のボタンに、燐音が手を掛ける。

「龍之介がどう思っていようと関係ありません。こうするのは規定事項ですから、諦めて力の前に屈しなさい」

「あ、圧倒的な〝暴〟の前に言論は無力だというのか！」

「龍之介は私を救ってくれました。そして今度は私の大事な部分に触れた……となれば、これはもう私達は番《つがい》になるしかないという事です」

「番《つがい》⁉」

「二つを組み合わせて一組になる事、あるいは雌雄の一組、即《すなわ》ち夫婦の事ですね」

「そういう事を訊《き》いてるんじゃねえよ！」

「私の番《つがい》となる相手がこうも理解力が低いと、この先が思いやられますね……」

「エスパーでも無理だろ⁉」

「安心しなさい。私達は既に魂同士が繋《つな》がり合って結魂している仲なのですから。後は物理的に繋がるだけです――このままだと諸々《もろもろ》の手順をすっ飛ばす事になりますが、まあいいでしょう、順序が多少前後したところでさしたる問題ではありません。後で収支を合わせればいいだけの話。大丈夫、理論は全て叩《たた》き込んでありますから」

「なんの理論⁉　おい！　ニヤニヤして見てねえで早く助けろ！　助けて！」

「大丈夫だ。燐音のその手の教育はこの緋田蘭子が厳選した書籍で概《おおむ》ね済ませている。理論的には問題はないだろう」

「倫理的に大問題じゃねーか！　後もういい加減服を着ろ！　湯冷めするぞ！」

その時である。

ガチャリ、と玄関の鍵が開く音がし、次いで引き戸が開けられる音がする。

「龍ちゃんどうしたのー？」

――まずい。

聞き覚えのありまくる声に、龍之介の背筋に悪寒《おかん》が走る。

壁に掛けられた時計を見る。

家が隣で幼馴染《おさななじみ》である石動綾《いするぎあや》とはいつも一緒に登校している。だが綾が迎えに来るいつもの時間にはまだだいぶ早かった。

「朝から何騒いでるのー？　私の家まで聞こえてきたよ？　後龍ちゃんお金ないからっていつも朝ごはん食べてないでしょ？　だから今日は私が朝ごはん作ってあげるね」

そんな声が玄関の方から聞こえてくる。

いつもと違う朝のせいで完全に失念していたし、普段であれば嬉《うれ》しい申し出も今日に限ってはタイミングが悪すぎた。

「だ、駄目だー！　石動ー！　今居間に入ってきては駄目だー！」

朝食用の材料の入ったエコバッグを持った制服姿の綾が居間に足を踏み入れる。

「もーさっきからうるさいけどどうしたの龍……ちゃ……」

石動綾の視界に映ったものを、客観的に羅列してみよう。

ほぼ全裸で突っ立っている生徒会長。

馬乗りになって、幼馴染を剝《む》いている知らない女。

そして衣服のはだけた幼馴染。

「――え？」

綾はフリーズした。

無理もない。自分以外に女っ気がないと思っている幼馴染の家に、全裸と半裸の知らない女が二人。思考が停止してしまうのも当然であった。

「ぎょえええええええええええええええええええええ⁉」

ようやく思考が回転し始めた綾が口元を手で覆って、普段の綾からは想像もできない悲鳴が上がった。

「おや、石動君じゃないか。おはよう」

「また新たな女がエントリーしてきましたね、ケッコンをした私の前に」

龍之介は全てを諦め、ダメージコントロールに脳内リソースを注ぐ。

深呼吸。

「まずは、話を聞いてくれ石動」

◆

——結論から言えば、綾を納得させる事には成功した。

蘭子と燐音は異父姉妹であり、蘭子の父と再婚した母は製薬会社で研究職に就いていたが、不慮の事故に遭い死亡。燐音の両親も外国で亡《な》くなった。身寄りのなくなった燐音は蘭子と住む為《ため》に日本へやってきたのだが、その蘭子も住んでいたマンションを追い出され、実は遠縁である太宰家を頼って、この家で一緒に住まう事になった。今日から西九重高校に転入する事になる燐音は、元々身体《からだ》の弱かった為に海外の医療施設で長い事生活していた、それ故に日本の生活には不慣れである。そういう事もあって、先程のは文化的すれ違いから起きた事故であって、特に他意はない。

という説明が行われた。

以上の事は勿論《もちろん》、嘘《うそ》である。

書類上はそういう〝設定〟となっているらしい。

とはいえ、すんなり事が運んだわけではなかった。二人と龍之介の間で〝設定〟の摺《す》り合わせをする前に綾に見られてしまい、アドリブで合わせるハメになった上に、燐音が事あるごとに天然なのか狙っているのかわからない発言をし、綾が龍之介に問いただし、それに龍之介がツッコミを入れ、蘭子は完全に知らん顔をするという事態になっていた。

『私と龍之介は番《つがい》になるのです』

「つ、番《つがい》⁉　どういう事なの龍ちゃん⁉」

『誤解を招く発言はやめろ燐音ッ！』

『私達ケッコンしていますので』

『け、結婚……⁉　どういう事なの龍ちゃん⁉』

『誤解を招く発言はやめろ燐音ッ！』

『ところで龍之介、お腹《なか》が減ったのですが……』

『お腹が⁉　どういう事なの龍ちゃん⁉』

『それは別にいいだろッッッ！』

その後、苦労はしたものの何とか綾を納得させる事に成功したのである。ちなみに蘭子がほぼ全裸だった件については有耶無耶《うやむや》になった。

その後、綾が朝食を作り、四人で朝食をとって現在に至る。

出会いが出会いだった為に最初はかなりギクシャクした気まずい空気が流れていたが、綾は燐音とすぐに打ち解けた。

綾は元々面倒見がよく、他人の良いところをすぐに見つけて仲良くなるのが得意なのだ。

「じゃあ行ってきます」

玄関で龍之介は蘭子に向かってそう言った。

蘭子は家でいくつかやる事があるので、学校を休むとの事であった。本人は言わなかったが、恐らく研究医としての用事があるのだろうと龍之介は察していた。

「気をつけて」

龍之介、燐音、綾の三人は蘭子に見送られて家を出る。

三人の――制服を着た燐音の背中を、腕組みをして眺める蘭子の瞳に様々な感情が浮かんでいる事に気付く者は誰もいない。

「燐音」

離れていく燐音の背中に、蘭子は声を掛ける。

振り向く燐音に、蘭子は少しだけ時間を置いて一言だけこう言った。

「……楽しんできなさい」

「はいっ！」

しっかりと燐音は頷《うなず》く。

伊良子燐音の初めての学生生活が始まる。

「学校ですか、楽しみですね」

表情こそ変えないが、燐音が朝からそわそわしているというのは龍之介にもわかった。

「そういや燐音って今まで学校とかどうしてたんだ？」

「行ってませんよ。施設で通常教育は受けてはいましたが」

「え、燐音ちゃんって学校行ってなかったの⁉」

綾の前でこういう話をすべきではないな、と龍之介は反省する。

「あー……えーっと、結構特殊だもんな、こっちに来る経緯が」

「あ、そうか。燐音ちゃん病気がちだったんだっけ……」

しゅん、と綾は悲しそうな表情を浮かべる。

そんな綾を見ながら龍之介は、いいヤツだ。と思うも、必要とはいえ、そんな彼女に嘘を吐《つ》かなくてはいけない現状が心苦しかった。

「早く行きますよ！　置いていってしまいますよ二人とも！」

「燐音、道わかんないだろ」

初めての学校、初めての体験に心が躍っているのだろう。

燐音は軽やかな足取りで駆け出し、童女のように飛び出していく。

アスファルトに白く書かれたスクールゾーンの文字、飛び出し注意の看板、見通しの悪い交差点。

「おいおい急に走り出すと危ないぞ」

「子供じゃないんですから、大丈――」

中型トラックのタイヤとアスファルトが擦《こす》れ合う大きな音が燐音の声をかき消した。

次いで衝突音、地響き。

時速六〇キロオーバーで走る中型トラックと、推定四〇キロ半ば程度の少女がぶつかればどうなるか。

子供でもわかる、当然の結果。

速度と質量は正義で、物理法則に抗《あらが》えるはずがなく、それが現実《あたりまえ》だ。

龍之介の背筋が凍った。

血の気が引き、頬が引きつり、股ぐらが浮き上がるような感覚が襲う。

──俺のせい──トラック──転生──運転手の今後──俺のせい──事後処理──会長になんて言えば──俺のせい──

脳内を一瞬で無秩序な単語が駆け巡る。

眼前には凄惨な光景が広がって──


「お、驚きました……」


──なかった。

目を開いて口を開け、驚いた表情をしたままトラックを抑え込むようにフロントに手を当てて燐音はその場に立っている。

幻想《かのじょ》に現実《あたりまえ》は当てはまらない。

トラックのフロント部分はひしゃげ、燐音の足元のアスファルトがひび割れ、めくれ上がっているが、制服が多少汚れたくらいで本人には怪我《けが》一つない。

燐音が一見すると可愛《かわい》らしい少女なので、龍之介もつい忘れてしまっていたが、彼女は現存生物の枠を超えた存在なのだ。仮にまともにトラックと正面衝突したところで傷一つ負わないだろう。

トラックの運転手は青ざめた表情で固まっており、大きな音に気付いて何事かと野次馬達も集まってくる。

「何、どうしたの」

「事故？」

「お、おい警察……救急車？」

朝の通勤通学の時間帯、当然ながら注目が集まり騒がれだす。

「ね、ねえ龍ちゃん。今燐音ちゃんトラックがトラックを止め……」

「い、いやー！　トラック『が』ギリギリ『止まってくれて』よかったなー！　まじで飛び出すの気をつけろよ燐音！　あは！　あは！　あははは！」

トラックの運転手に怪我はないようだったが、一応トラックに書かれている社名とナンバーを控えておいて、後で蘭子に報告しておこうと考えながら、龍之介は燐音と綾を抱えるようにして急いでその場を後にするのだった。

◆

龍之介と綾は、燐音を職員室まで案内して自分達の教室へと先に来ていた。

燐音のクラスは龍之介、綾と同じ２‐Ｂだ。

今頃は、担任の教師と会っているところだろう。

龍之介は現在、自分の席で頬杖《ほおづえ》をついていた。

一学年下の真理《まり》のクラスまで様子を見に行ったのだが、真理の姿はなかった。

（まあそりゃそうか……）

蘭子曰《いわ》く、真理の学生というのは偽りの身分らしい。

全くの無関係な一般人であった龍之介に正体がばれ、燐音を捕まえるという《オーダー》の作戦が失敗した以上、学生であり続ける必要もないのだろうと龍之介は考えた。

子守竜計画に参加して《特災研》に籍を置いている龍之介は、立場上は《オーダー》に所属する真理とは敵同士である。

が、すぐに割り切れるものではないし、龍之介からすれば真理は今でも後輩であり生徒会の仲間の一人であるのは変わらない。昨日のあの戦いが、最後のやり取りになるかもしれないと考えると、少し寂しい気持ちになった。

「あいつとはわかりあえたと思うんだよな……いいヤツなんだし」

呟《つぶや》く独り言に答える言葉はない。

暴走の危険性をなくす為に真理とも結合魂魄《こんぱく》術式を行いたかったが、《聖印《リング》》の研究が進むまでは勝手に行うなと蘭子に釘《くぎ》を刺されていた。だがそれも真理が学校にいればの話だ。龍之介では彼女の足取りを探る事などできない。

教室の喧騒《けんそう》の中、カクテルパーティー効果で龍之介の耳に女子達の会話が入ってくる。

「そういえばゆかち知ってる？　今日うちのクラスに転入生来るらしいよ」

「ふーんそうなん？　めずらし。女子？　可愛い？」

「みっちゃんゆってたよ。女子かどうか知らん」

燐音が転入してくる事についての話だ。

（もう転入生の噂《うわさ》流れているのか。よく知らんけど、転入の手続きって一日……いや半日か。普通そのくらいじゃ多分できねえよな……会長が無理やり捩《ね》じ込んだんだろうな……権力とかで。いきなり転入生の対応とか先生大変そうだな……よく燐音に合うサイズの制服もあの短時間で用意できたな……すごいな《特災研》
この現代において、ＵＦＯだのＵＭＡだのみたいな超常の存在を公から隠し通している秘密の組織だ。公立高校に生徒を一人捩じ込むくらいはわけないのかもしれない。

ショートホームルームを告げるチャイムが鳴り、担任の女性教師が教室に入ってきた。

普段から疲れ気味のアラサー女性教師は、いつもよりも随分とげっそりしている。

「えーと、突然な話……マジで突然な話なんだけど、本日から転入生がこのクラスにやってきました」

クラス内に期待のどよめきが走る。

「それじゃあ伊良子さん、入ってきて」

女性教師の言葉で、前方の扉が開いた。

（燐音の奴《やつ》緊張とかしてんのかな……ガッチガチに緊張してたら面白いけど。いや、あいつの事だ『この伊良子燐音が転入してきた事、光栄に思いなさい！』とか言いそうだな……いや案外オーソドックスに『伊良子燐音です、よろしくお願いします』とかしれっとクールに済ませそうな気もするな……）

頬杖をつきながら、龍之介は趨勢《すうせい》を見守っている。

そして燐音が教室に入ってきた。

表情はいつもの無表情。

だが一歩歩けば右足と右腕が同時に前に出て、もう一歩歩けば左足と左腕が同時に前に出ている。

（ガッチガチに緊張している―⁉）

もう誰がどう見ても緊張していた。

いつもの無表情も、心做《こころな》しか——いや明らかに強張《こわば》っている。両目をかっぴらき、口を真一文字に引き締めて、おまけに指をぴっと立てた両手がぷるぷると震えている。というか全身震えている。

その姿は竜というよりは、肉食獣の檻《おり》に入れられて怯《おび》えて震える仔《こ》ウサギのようだ。

「い、伊良子さん？　そんなに緊張しなくても大丈夫よ……？」

「ひ、ひぇい！」

見かねた教師が助言するも、燐音の声は完全に裏返っている。

「じゃ、じゃあ自己紹介を……黒板に名前を書いてね。その、伊良子さんは海外生活が長かったらしいから、みんなもその辺りは配慮してあげてね」

綺麗《きれい》な字で「伊良子燐音」と横書きで黒板に書いてあるが、スペースの配分をミスったのか「伊良」までは大きく「子燐音」が段々と小さくなっていた。

そもそも学校という場所が初めてである上に、同年代で集団生活をするといった経験もなかったのだろう。緊張してしまうのも無理のない話であった。

「わわわっ、わ、私は……」

極度の緊張で上手《うま》く舌が回らないのか、あるいは頭から言葉が出力できないのか、かなりわたわたしている。

そして若干涙声だ。

俯《うつむ》いて、手をもじもじしている様は庇護《ひご》欲を掻《か》き立てる。

そんな燐音の様子を見て龍之介は思う。


——頑張れ……！


いや、龍之介だけではない。

龍之介は感じていた。

今クラス中の心が一つになっている事を。

クラスの全員が燐音の一挙手一投足を注視して、見守っている。

そして全員が心の中でこう思っている。頑張れ、と。

「わっ、私は伊良子燐音……です。海外で暮らしていたので、こういうのに慣れていないので、み、皆さんに迷惑を掛けるかもしれません、よろしく、お願いします」

誰一人、茶化すことなく彼女の挨拶を最後まで見届けていた。

自然と歓声が上がり、皆立ち上がって拍手していた。

事情を知らない者が廊下から教室の中を見れば異様な光景にしか見えないだろう。だが世界平和はここに有ったのである。

◆

燐音の自己紹介タイムが終了し、その後も恙無《つつがな》くショートホームルームは終了した。

燐音の席は窓際《まどぎわ》最前列となった。ちょうど龍之介の席の対角線上だ。

突発的な転入だった為《ため》に多少席順に変動があったが、クラスメイト達は快く、また柔軟に対応してくれていた。

彼女の席の周りは現在主に女子生徒でごった返しており、質問攻めされている。

「大丈夫かあいつ……ボロ出さなきゃいいけど」

「なんだ、結構馴染《なじ》んでるじゃないですかー」

「それはいい事なんだが……」

「でもマリーのが猫被《ねこかぶ》りは上手いですね」

「まぁ涼《あばら》は確かに世渡り結構上手そう……ん？　涼……？」

横を見る。

そこには後輩にして《吸血鬼《ヴァンパイア》》の幻想少女、真理が龍之介の隣に立っていた。

「ぎゃあ！」

思わぬ登場人物に、龍之介は悲鳴を上げて立ち上がり、ロッカーに背をくっつけるように後方へと退避した。

「ぎゃあって、美少女に対するアクションとしては最低の部類ですよ先輩」

「なっなななななななんで涼がここにいるんだ！」

「なんでって、学生が学校に来るのは当たり前でしょー？　あっ、もしかしてマリーの事心配してくれてたり？　太宰龍之介先輩ー！　そういうとこだぞこのこのー！」

語尾にハートを付けて喋《しゃべ》るというのはこういう事だろうか、いつもと同じように真理は振る舞って、龍之介の脇腹を突《つつ》いている。

「で、でも昨日……」

「先輩、その事なんですけど」

「な、なんだよ」

「昨日は、その……ごめんなさい」

先程までとは打って変わって、珍しくしおらしい声と表情を真理は覗《のぞ》かせる。

「別に、いいって。言ったろ、後輩に撫《な》でられても先輩には大した事ねえんだよ」

「そう、ですか……《オーダー》からの命令は引き続き『竜姫《りゅうき》』の監視、先輩に手を出せとは言われてません。マリーも先輩の事を傷つけたくないですし。ですからその……学校にいる間はマリーが太宰龍之介先輩に危害を加える事はないですし、あの女とも事を構えるつもりはないので、そこは信頼して欲しいです」

「あー」

龍之介はバツが悪そうに視線を斜め上に向けながら後頭部を掻く。

「涼の事なら最初に話した時から信用してるよ　悪いな、ちょっと驚いただけだ」

「よかったです……」

二人の間に淡く甘い沈黙が流れる。

「あの、太宰龍之介先輩……よかったら今度一緒にサブロー軒で大盛りを――」

そこに、だ。

「おい……」

いつの間にかジトっとした目付きで真理を睨《にら》みながら、燐音が真理と龍之介の前にまでやってきていた。

ぐい、と燐音が龍之介の空いている腕に抱きつくように引っ張り、龍之介は燐音と真理に左右からサンドイッチされる形となった。

「無礼者、龍之介から離れなさい」

はぁ？　とマリーが嫌そうに顔を歪《ゆが》める。

「なんで？　私が太宰龍之介先輩に何しようとマリーの勝手でしょ？　どうしてトカゲ女の命令を聞かなきゃならないの？」

「私に負けておめおめと逃げ帰った蝙蝠《こうもり》女が、随分と大口を叩《たた》くではありませんか」

「え？　あれで本気だと思っちゃったの？　太宰龍之介先輩がいたから本気出さなかったに決まってるじゃない。レプティリアンはそんな事もわかんないんだー？」

「貴女《あなた》が龍之介とどういう関係かは存じませんが――」

「何よ……」

「私達は番《つがい》となる運命にあるのです……ケッコンもしましたしね」

「結婚⁉」

真理が目を見開き、ギュインと首を龍之介に向けて回す。

龍之介は両の掌《てのひら》を下に向け、冷静さを促すジェスチャーをする。

「落ち着け涼、字が違う」

「そ、そうですよね。一瞬ビビったじゃないの。この変温動物調子に乗りすぎじゃない？　太宰龍之介先輩はマリーのものよ」

「しかし、龍之介とケッコンしていないのでしょう？」

「ケッコンマウントするんじゃないわよ！」

「それに貴女、聞けば一年生だというではないですか。私は二年生、つまりは先輩ですよ？　不敬ではないですか？」

「うーっさいバーカ！　あんたを先輩扱いするなんて死んでもごめんよ！」

今にも殴り合いをしそうな一触即発の雰囲気だが、それよりも彼女達がケッコンケッコンと連呼するものだから、周囲は何事かと更に聞き耳を立てるので、龍之介はそっちの方が気が気でなかった。

――結合魂魄《こんぱく》術式！　正式名称は結合魂魄術式です！　結婚ではなく！

と訴えたくなるのをぐっと堪《こら》える。

「フフッ。羨ましいですか？　指を咥《くわ》えて眺めていなさい、私と龍之介の蜜月の関係を」

「ぐぬぬ……先輩！　重婚は大丈夫でしょうか⁉」

「落ち着け涼、恐らく正しくは重魂だ」

燐音と真理の二人は胸を突き合わせるように、睨み合い対峙《たいじ》する。

ふと、真理の視線がやや下がり、燐音の胸元へと注がれる。

「……ふん、薄いわね」

「?　何の事ですか?」

悔しそうな表情を引っ込め、真理はにやにやと薄ら笑いを浮かべ燐音の胸元を見やる。

「はっ……!?　こ、この女……!　自分が少しばかり大きいからと……!」

「爬虫類《はちゅうるい》だもの、仕方ないわよね」

「ドラゴンは爬虫類ではありません。そ、それに、無駄に付いた脂肪程度で龍之介が靡《なび》くと思ったら大間違いですよ!」

「あら?　太宰龍之介先輩のスマホの画像アプリに保存されているモノから類推するに、金髪でビッグサイズがストライクよ。勝負あったわね、持たざるもの」

「せ、説明なさい龍之介!」

「ねえ何で涼は俺のスマホに入ってる画像知ってんのぉ?」

「駄目ですよ先輩、誕生日を暗証番号にしたら」

半泣きになりながら、龍之介はパスワードの変更を決意する。

「べ、別に、こんなものいくらでも補えますから……愛などで……」

「ふん、負けを認めなさい。ジメジメしてたって何も育たないわよ。もしかしてあんた《竜》《ドラゴン》の因子じゃなくてナメクジの因子なんじゃないの?」

「私がナメクジなら貴女は蚊。もしくはチュパカブラです」

「何よチュパカブラって。やらしいわね」

龍之介は――内容はともかく――燐音と真理が口喧嘩《くちげんか》をしている事に不思議と安らぎを覚えていた。

一見するととんでもなく仲が悪いし、実際二人の反りは根本的に合わないのであろう。が、昨日まで殺し合っていた事を考えれば二人のいがみ合いなど可愛《かわい》いものである。

実力が伯仲している顔の良い女達が、バチバチにやり合っている空間でしか摂取できない栄養素って存在するよな。と、そんな事を考える余裕すら龍之介にはあった。

「まあいくら貴女が天に唾吐いたところで私には届きません。それくらい今の私には心理的余裕がありますからね」

「何それ、どういう事よ」

「ふふっ、よく聞きました」

気取った様子で燐音が前髪を払う。

「何故《なぜ》ならば――」

「どうせ大した事ないんだからもったいぶるんじゃねーわよ」

腕を組み、のけぞるようにして真理を見下し、言う。

「私達は同じ屋根の下で暮らしていますし、私の裸体も見られてしまったので」

ふふん、と燐音が勝利の笑みを浮かべた。

「ヒュッ……！」

突然のマウントに真理の息の根が止まる。

「ただの同居と事故を変な風に表現してんじゃねえ！」

燐音と龍之介の発言に、ざわざわと極めて静かに教室内もざわつく。

「マジかよ出会って一時間経《た》たない内に私の恋が終わりを告げたんだけど」

「すげえ文学に強そうな名前してるのに文系科目得意でもないくせによ……」

「ちょっと綾どうすんのよ太宰君取られちゃうよ⁉」

「な、なんで私に振るのかな⁉」

「太宰、俺達の友情を信じさせてくれ」

ギャラリーがにわかに沸き立っているが、龍之介は聞こえないフリをした。

だが一番動揺していたのは目の前の金髪吸血鬼であった。

「ちょちょちょちょちょちょちょちょちょっとどっどどどういう事なんですか⁉　太宰龍之介先輩！　マリーという女がいながら！　他の女に靡くんですか⁉」

「別に俺の女でもねーよ……あーいやーほら、察して欲しいというか……むしろ涼の方がその辺の事情を汲《く》みやすいんじゃないか」

「ごめんなさい。マリーちょっと取り乱しました。そうですね、状況を冷静に整理して考えれば、むしろ一緒に住むのは自然ですもんね……逆の立場でもそうすると思います」

「それに私は……」

「まだ何かあるの⁉」

こくりと燐音は小さく首肯する。

頬を赤らめ、もじもじと指を合わせながら呟《つぶや》くように燐音が言う。

「今朝、龍之介に大事な所を触られましたからね……」

「なっ……！」

因子発現時に生成された器官というのは重要な意味を持つ為《ため》に、一見すると燐音の言葉には語弊があるようではあるが、事実としてその通りである。

故に龍之介も取り繕う事ができない。

「ねえ何で燐音はそれ言っちゃうのぉ？」

「先輩！　マリーも触ってください！」

「てめーも何言ってんだ！」

天然でとんでもない発言をかましまくる燐音と、錯乱した真理へのツッコミが緩急付きすぎて温度差に龍之介は風邪を引きかけた。

クラス中の好奇と憎悪《ぞうお》の視線が向けられている事に、龍之介は極力気付かない事にした。

「はー太宰が顔のいい女と仲良くしてるだけでキレそうなのに……」

「俺とあいつ……一体何が違うってんだよ……！」

「マジなの綾⁉」

「け、今朝半裸で馬乗りにされてたのは見たけど……」

「悪い太宰。お前を殺す」

怨嗟《えんさ》の声に混じって幼馴染《おさななじみ》を売る発言をしているのが聞こえたが、クラス内の評価値がどんどんと下がっていくのを肌で感じている龍之介には些細《ささい》な事であった。

「勝負ありましたね、私の勝利という事で」

「も――！　マリーはこんなの認めな――い！」

「なーに騒いでんのー。席着けお前ら」

一限目の英語教師が教室に入ってきてくれたおかげで、龍之介は一命を取り留めた。

◆

三限目の体育。

西九重高校には先輩後輩との交流を目的として、年に数回一・二年、一・三年、二・三年の合同で体育の授業を行う日がある。そして今日は一・二年の合同体育の授業日だ。

ちなみに体操着やジャージの色はご多分に漏れず学年で色分けされており、一年が赤、二年が青、三年が緑といった感じである。

グラウンドを半分に分けて男子は走り幅跳び、女子は砲丸投げを行っている。

龍之介はグラウンドの隅で順番待ちをしながら、ぼーっと女子――というよりは燐音と真理――の体育の授業を眺めていた。

どうやら燐音が砲丸を投げる順番が回ってきたようだ。

その様子を見てみよう。

女子の体育の授業は和気藹々《わきあいあい》と行われていた。

グラウンドには石灰でラインが引かれ、同じく石灰で描かれたサークルの上でジャージを着た女生徒が一人、砲丸を顎の位置で担《かつ》ぐように構えている。

投げる方向とは反対側に身体《からだ》の正面を向け、バックステップを踏む。

身体を捻《ひね》り、押し出すように砲丸を投げた。

砲丸は放物線を描き、グラウンドに落下する。測定係の生徒が二人、大きなメジャーで飛距離を測定。その間に別の生徒が投げられた砲丸を回収する。

「次、伊良子さん」

「はい」

体育座りで授業の様子を見ていた燐音が、体育教師に名前を呼ばれて立ち上がる。

「行ってきますね」

「うん、頑張ってー」

燐音は隣に座っていた綾に声を掛けた。

龍之介がいない時に、学校生活に不慣れな燐音と一緒にいるのは綾である。

学校に行く前から知り合ったからか、はたまた綾がお節介を焼くのが好きだからか、あるいはその両方か。綾は積極的に燐音に声を掛け、また燐音も短い時間の中で綾に懐《なつ》いているようであった。

反対に、燐音になるべく近寄らず遠巻きに眺める生徒がいた。

「大丈夫かしら、あの火吹きトカゲ……」

真理だ。

彼女は一年生の女子に囲まれながら、眉根を寄せて、睨《にら》み付けるように燐音を見ている。

だがそれは敵対的な視線ではなく、どこかそわそわとしている。

「なんかやらかさないか心配だわ……」

そんな真理の胸中を燐音は知るべくもなく、白いサークルの中へと足を踏み入れた。

グラウンドに置かれている約四キロの女子用砲丸を無造作に摑《つか》む。

大きく振りかぶったところで、慌てて止めに入る声があった。

「ちょいちょいちょい馬鹿ドラゴンプリンセス……！」

真理が血相を変えて、燐音の元へと小走りで近付いていく。

その様子を、燐音は不思議そうに見つめている。

「何ですか？　……貴女《あなた》壊滅的にジャージが似合いませんね……」

「ぶん殴るわよ。あんたもしかしてそれ普通に投げようとした？」

「この鉄球を投げて飛距離を競うのでしょう？　流石《さすが》に私でもわかりますよ」

ふふんとドヤ顔で燐音が胸を張る。

「そうだけど、あんた他の子の投げ方見てなかったの？」

「見ていましたよ。他の方は鉄球を投擲《とうてき》する筋力がないからそれを補う為に押し出すように投擲していましたね」

「わかってるじゃない」

「しかし、私はそんな事しなくてもこの鉄球をフェンスの向こう側まで投げる事が可能です。今のところ一番投擲距離が長いのが約八メートルですから、私が一番の記録を出す可能性が濃厚です。見る限りせいぜい私の脅威となりうるのは貴女くらいですね」

「長々と御高説ありがと。あんたが特大のアホだという事がわかったわ。ちょっとそれ見せてみなさい」

「あ」

真理は、燐音から砲丸をひったくる。

そしてまじまじと砲丸を見て、うげぇ、と唸《うな》り声を漏らした。

砲丸には、燐音の指の型がくっきりと付いていたのだ。

「摘力《ピンチりょく》だけで砲丸に指型付ける女子高生がどこにいんのよ……!?」

「……此処《ここ》?」

「ぶっ飛ばすわよ!?」

二人のやり取りに疑問を抱いたのか、体育教師が声をかける。

「涼ー、どうしたー?」

「ちょっと今このバ……先輩に教えてるところなのでちょっと待っててくださーい！　あ

はっ！　あはははは！」

愛想笑《あいそわら》いを浮かべた真理は、すぐに真面目な顔になる。

「いい？　マリーもあんたもここじゃ〝普通〟の女子高生なの」

「〝普通〟……」

「そう〝普通〟。〝普通〟を演じないといけないの、こっちの世界で生きてる間はね。〝普通〟の女子高生は砲丸投げをオーバースローで投げられないし、ましてや砲丸を素手でへこませたりしないのよ……！」

「私は未《ま》だ〝普通〟になれてませんから」

「……でしょうね」

その「なれてない」という言葉は「慣れて」ないという意味か、はたまた「成れて」ないという意味だったのか。それは本人以外にはわからなかったが、燐音の言葉に真理は想《おも》うところがあるようだった。

「はぁ……わかったわよ」

今の溜息《ためいき》には、なんでマリーがこいつの面倒見ないといけないのかしら？　でもほっといても面倒な事になるのは確実だしやっぱりマリーが面倒見てあげないといけないわよね、いやこれ本当にマリーがやらなきゃいけない事？　まぁいいか……という思考プロセスが含まれている。

「手本を見せてあげるわ。せんせー、先輩に教えてあげるのでマリーが先にやってもいいですかー？」

教師が許可を出し、先に真理がサークルへと入った。

「え――い！」

可愛《かわい》らしい掛け声と共に、そのまま綺麗《きれい》なフォームで砲丸を投擲する。

真理も本気を出せばグラウンドのネットフェンスを悠々と超える事ができるだろう。

しかし、他の女生徒とあまり変わらない飛距離で砲丸は落下する。

それを見ていた燐音が、口元に手を当てて無表情のまま口角を吊《つ》り上げる。

「ふふっ、非力ですね」

「ぶっ殺すわよ⁉」

「ふへひへふほー！」

額に青筋を浮かべる勢いで、真理は燐音の頬を摑んで左右に引っ張るのであった。

そんな様子を遠目に見ていた龍之介は感慨深く頷《うなず》く。

「何言ってんのかはよく聞こえないが、あの二人も普通の女の子なんだよな……」

ふっ、と鼻の頭を人差し指の側面で擦《こす》る。

昨日はとんでもない殺し合いをしていた二人ではあるが、どうやら現状は仲良くやっているようだ。

うんうんと再度頷き、自分の左手薬指を逆の手でなぞる。

その指には光は灯《とも》っていないが、確かに〝何かがある〟と感じられる。

燐音がああして学校生活を送れているのも、この指に宿る力のおかげであり、彼女らが普通に暮らせる為《ため》に龍之介が協力するのは吝《やぶさ》かではなかった。

龍之介の順番が回ってきた。

助走をつけ、美しい背面跳びでバーを飛び越える。

逆さまになった視界で、燐音と真理が言い争っているのが見えた。

「案外仲良くやってんじゃねーの」

◆

四限目が終わり、昼休み。

龍之介と燐音は学生食堂に来ていた。

校舎を改築したのと同時に併設してある食堂も改築したので、西九重高校の食堂は小洒《こじゃ》落《れ》たカフェやレストランもかくやという様子だ。

尤《もっと》も、小洒落ているのは見た目だけで、客層は全て食べ盛り遊び盛りの高校生オンリーなので、彼ら彼女らの喧騒《けんそう》のせいで雰囲気を楽しむ事など叶《かな》わないのだが。

現在二人は食券を買うために券売機の列に並んでいた。

人が密集しているので落ち着かないのか、燐音は龍之介のワイシャツの裾を摘《つま》んでキョロキョロしている。

ようやく券売機の列が進み、龍之介達の番になった。

「燐音は何食べる？　転入祝いで今日は俺が奢《おご》ってやろう。ってメニューに何があるかわからんか」

「私は何があるのかよくわかりませんから……龍之介と同じのがいいです」

「オッケー。うちの学食は肉スタミナセットがコスパ最強だぜ。女子人気は低いけどな」

そのまま配膳カウンターで食券を渡し、列の流れに乗りながらカウンター越しに二人は肉スタミナ定食と箸の載ったトレイを受け取る。

「さて食うぞ、と思ったが……」

龍之介は食堂を見回す。

「混んでるな……先に取っとくんだった」

本日の食堂はいつもより混み合っていた。

座席はほぼ満席だ。

普段は混んでいても席が空いていないという事もないので、油断していたのだ。

「龍之介、あそこ空いてますよ」

燐音が指差す先、食堂の隅には四人がけのテーブル席が一つ。

まだ誰も座っていないそのテーブルに燐音はトレイを置く。

その真横に、ほぼ同時に燐音の物でも龍之介の物でもない第三者のトレイが置かれた。

「……うわっ、ネクラバカトカゲ……」

「……キンイロアホコウモリですか……」

毎度おなじみ、涼・ヴラド・真理である。

二人は同時に着席し、美少女二人はその整った顔を心底嫌そうに歪《ゆが》める。

めんどくさい事になりそうだなぁ。という気持ちで龍之介も燐音の正面の席へと座る。

真理のトレイの上には、西九重高校ラーメントッピング全マシが置かれていた。

「ちょっとあんた、勝手にマリーの隣に座らないでくれる？」

「何故《なぜ》です？　私が先にここに座ったのですが」

「マリーの方が先に見つけてたわよ！　この際あんたと相席するのは千歩譲って我慢するけどせめて太宰龍之介先輩がマリーの正面に座ってくださいよ」

「え？　ああ別に構わんけど」

龍之介が席を移動しようとして、燐音に止められた。

「駄目です」

「なんでよ⁉」

二人が言い合いをしている最中に、美少女二人組と一緒に飯食ってるあの男は何者だ。いやあれ副会長じゃねーか的な視線を食堂中から向けられているのを龍之介は肌で感じていた。

「太宰龍之介先輩も覚えておいてください」

「何がだ？」

「立場の違いの前に、幻想少女同士って基本的にソリが合わないんです。マリーも他の幻想少女知ってますけど、そいつらともあんま合わないですし」

真理の言葉に、燐音が目を丸くした。

「そうなのですか？」

「あんたも幻想少女でしょーが。ま、例外はあるけどね」

龍之介としては仲良くして欲しいのだが、そもそもとして燐音と真理は《特災研》と《オーダー》で立場が違いすぎるので難しいかもな、と少し悲しい気持ちになった。

体育の時が特別だったのだろうか、二人は戦う運命にあるのだろうか。

龍之介の掌《てのひら》にじんわりと汗が滲《にじ》む。

「ん～、やっぱ仲良くすんの難しいのかねぇ……」

「何一人でぶつぶつ言ってんですか先輩」

「いただきます」

燐音は両手を合わせていただきますと礼をするのに対し、龍之介は特に何もせずにいきなり食べ始めようとしていた。

その事に龍之介が気付き、箸を止める。

「……燐音、ちゃんとしているな……」

「何がです？」

唐揚げを口へ運ぶ燐音の手が止まる。

「ほら、ちゃんといただきますって」

「え？　当然の作法ではないのですか？　食べる前はいただきます、食べた後はごちそうさま。そう蘭子から教わりましたが」

こういうところで自分の育ちの悪さが浮き彫りになるようだったし、今まで気付かないところでこういう事をやっていたんだろうなと龍之介は若干のバツの悪さを感じていた。

「いただきます」

遅れて龍之介も手を合わせる。

二人は唐揚げ、焼き肉、生姜《しょうが》焼きの肉三点盛りとキャベツの千切り、そしてライス付きの肉スタミナ定食を崩しにかかる。

燐音は二つある大ぶりな唐揚げの一つを箸で摘み上げ、かぶりつく。

「んー！」

「どうだ？」

「お、美味《おい》しい……！」

燐音の眼《め》の中に星が瞬《また》いた。

「うわー燐音最高、その反応一〇〇点だよー。俺が望んでいた『世間知らず系美少女がジャンクな食べ物を食べた時の反応』を見事にやってくれたな！　肉スタミナ定食にしてよかったー！　その反応だけで白米が食える！」

「マリー、たまに太宰龍之介先輩の言ってる事がわからなくなるのよね……ん？」

真理は、燐音がじっと自身の西九重高校ラーメンを物欲しそうに眺めているのに気付いた。

「な、何よ……」

「それ、少しください」

「はぁ～？　その唐揚げくれたらいいわよ」

「はい、唐揚げです」

燐音は食べかけの唐揚げを真理の口元へ箸で運ぶ。

「って食べかけの方じゃない！　全く……はぐっ。あ、美味しいわね唐揚げ。今度こっちも頼もうかな」

「でしょう？　早くよこしなさい」

「しょーがないわねー。ほら、一口だけよ」

レンゲにミニラーメンを作って、燐音の口元へと運ぶ。

「んー！　こっちも美味しいですね！」

「でしょー？」

「しかし量が少ないので公平性に欠けます。玉子も付けるべきでしょう」

「はっ倒すわよ!?」

「受けて立ちます」

「あ。ちょっと、あんた口の端にネギ付いてるわよ。ほら顔向けて」

「ん」

真理が自分のハンカチで燐音の口元に付いたネギを拭ってあげている。

そんな二人の様子を対面で眺めていた龍之介が言う。

掌に滲んでいた汗は、いつの間にか乾いていた。

「お前ら……やっぱり本当は仲いいんじゃねえか……？」

フラットな目線で見れば、単に昼食をシェアしている可愛《かわい》い女の子二人である。

とても殺し合いをしていたような仲には見えない。

龍之介の言葉を聞いた二人は、真顔になって首を横に振った。

動きは完全にシンクロしている。

「何を言っているのですか龍之介……」

「そうよ何言ってるんですか太宰龍之介先輩。どこをどう見たらこいつと仲いいように見えるんですか、こんな奴《やつ》と仲良くなれるわけないじゃないですか」

「その点は同意しましょう。このヒル女とわかりあえる日は永遠にこないでしょうし」

「そうね、マリーもツチノコと理解しあえるとは思えないわ」

「おやおや気が合いますねぇ……！」

「ホントーにねぇ……！」

口の端を引きつらせながら、二人は至近距離で火花を散らしつつ互いのほっぺたをつねり合っていた。

「あ、先輩も食べますー？　あーんしてあげますよ？」

「え、ずるい！　私もしたいです……」

「いや、俺はいい……いいものを見れたからそれでお腹《なか》いっぱいというか……」

「龍之介、お腹いっぱいなのですか？　それでは私が食べましょうか？」

「いや、そういう意味ではない。そういや去年こんなやり取り会長とやったな……」

龍之介は取られそうな唐揚げを慌てて口へと運びながら、やっぱ仲いいよなこいつら……と思うのであった。

「会長……そうだ太宰龍之介先輩、ちょっと訊《き》きたいんですけど」

「龍之介、チュパカブラに何も教えなくて結構です」

「はぁ？　そうそう、あの後チュパカブラ検索したんだけどマリーあんな気持ち悪い生き物じゃないんだけど！　吸血鬼なんだけど！」

「同じようなものでしょう？」

「全然ちげーわ！」

「それで、なんだ涼。訊きたい事って」

「あー、あのですね、かいちょーから夜の話って先輩聞いてます？」

「会長？　夜？　燐音の話か？」

龍之介の反応を見た真理が、動きを止めた。

「あー……。そうですそうです。やっぱなんでもないです」

と言って、真理はトレイを持って席を立つ。

「もう行きますね。太宰龍之介先輩はともかく、こいつと仲良くする理由はないもの」

そのまま、二人に背を向けて食器返却口に向かっていく。

トレイを返却口に返した真理は、近くにいた調理員の女性にごちそうさまと言って、食堂を出ていった。

「何訊こうとしたんだ涼のやつ」

「さぁ……もしかしてチュパカブラ呼びがすごい傷ついていたのかもしれませんね……」

「そっちは大丈夫だろ……というか昨日あんだけやりあってたのにチュパカブラ呼びで傷つくか気にするのか……そしてチュパカブラ呼びはまじで悪口のつもりだったのか……」

◆

本日の全ての授業を終え、放課後。

龍之介と燐音は生徒会室の前にやってきていた。本日締め切りの生徒会の仕事があるからだ。

綾は部活に顔を出してから生徒会室に行くとの事であった。

「生徒会……蘭子から教えて貰《もら》いましたし書物でも読んだので知識はあります。学校を支配する組織だとか……」

「いや別に生徒会はそんなアニメみたいな――」

勘違いをしている燐音に訂正を入れようとするが、龍之介は思い留《とど》まった。

「その通りだ。生徒会はこの学校の権力全てを掌握している。最高権力組織だ」

「やはり……蘭子程の者が長《おさ》を務めているのですしね……」

燐音は固唾をのむ。

学校行事の運営や備品管理、予算編成等《など》といった細々とした仕事ばかりで権力なんざ存在しないが、燐音が生徒会に入る事なんてないのだしと適当な事を吹き込んでリアクションを楽しんでいた。

生徒会室の扉を開く。

見慣れた生徒会室、そこには見知った生徒が一人いた。

「おや、太宰少年に燐音、来たのか」

龍之介の家に残ったはずの生徒会長の蘭子だ。

長机の生徒会長席で書類に向かってペンを動かしている。

「会長、いらしてたんですか」

「うん。途中からね。ちょうどよかった」

「ちょうどよかった、とは？」

「二人、というか燐音を生徒会室に呼ぼうと思ってたから。座って」

促され、龍之介は予備のパイプ椅子を部屋の隅から出して座り、燐音も隣に座った。

「私を？」

「うん。それで、どうだった？　初めての学校」

「別に、何という事はありませんでした。楽勝というやつです」

「……」

そういう事にしておいてやろうという思いやりの心が龍之介にも存在していた。

その様子に、蘭子は小さく笑みをこぼす。

「ふふっ、なら何より」

「会長、燐音を呼ぼうとした理由とは？」

「単刀直入に言うと、燐音を生徒会に入れる事にした」

「燐音を、生徒会に？」

「というかもう入れた」

「はやっ」

「私にも権力が……!?」

蘭子のあまりのスピード感に龍之介は驚き、燐音は己の新たなる力に目を輝かせた。

「役職なんだけど――」

蘭子が言い終わる前に、生徒会室に新たな人物が二人入ってきた。

「どーもー！　世界に轟《とどろ》く美少女の……ってうげっ、そうか忘れていた……そりゃこの馬鹿もいるわよね……」

「おはようございまーす。あ、燐音ちゃんも来てたんだ」

真理と綾だ。

蘭子が真理に向かって笑顔で軽く手を振るが、真理は物凄《ものすご》く嫌そうに顔を顰《しか》めていた。

「石動、部活は？」

「途中で真理ちゃんに捕まっちゃって……ほんとにちょっと顔出すくらいだったからこっちの仕事先に片付けてから行こうかなって」

「そうか。俺ならまだしも石動にあまり我儘《わがまま》を言って困らせるなよ」

「だってー綾先輩もいての生徒会ですもん、マリーに見つかったのが運の尽きでしたね」

「別にいいよ～、私も真理ちゃんの我儘聞きたい人だもん」

言いながら、二人は席につく。

綾は龍之介の正面、真理は龍之介の隣で、龍之介は真理と燐音に挟まれる形となる。

「それで蘭子、私の役職はなんなのです？　蘭子は生徒会長、龍之介は副会長、綾は書記と聞きました」

「えっ、待って、この女生徒会に入れるんですか⁉」

「ま、真理ちゃん、燐音ちゃん先輩だよー？」

龍之介の腕にしがみつきながら、真理がぐるると燐音を威嚇する。

「もう決定したので抗議は受け付けない。そもそも、真理は私に文句を言える立場ではないのは理解しているはず。なぜなら私は生徒会長だから」

「ぐぬぬ……」

蘭子に窘《たしな》められ、真理は渋々矛を収める。

「燐音の役職は――」

たっぷり十秒は溜《た》めて、蘭子は言う。

「副会長補佐」

一瞬の沈黙はすぐに破られた。

「やだ――――――――――――――――――――――――――――!」

真理の叫びによってだ。

「マリーと被《かぶ》ってる――! やだやだやだー太宰龍之介先輩を補佐するのはマリーだけがいいー! 他のはいらなーい!」

腕を振り回し、ジタバタと真理が駄々をこねる。

「私も不服ですね……この女と同じ役職というのは」

「太宰龍之介先輩を補佐できるのはマリーだけですー!」

「は? 私はケッコンしているので仕事だけでなく心身共に補佐できますが?」

「ふぁっく・ゆー!」

「補佐されすぎだろ俺」

「ぶはっ」

真理と燐音が不満を顕《あらわ》にし、龍之介がツッコミを入れ、それに対して関係ないふりをして聞き耳を立てていた綾が吹き出した。

「ですが任命された以上はしっかりこなします。そして戦闘だけでなく龍之介の補佐でもこの吸血鬼より優秀である事を証明しましょう」

「はぁぁぁ!? 新参のドラゴン風情《ふぜい》が調子に乗ってさー! マリーの方が補佐歴長いんですけど!?」

二人のやり取りを見ていた綾が首を傾《かし》げ、龍之介に問い掛ける。

「吸血鬼とかドラゴンとかってどういう事?」

「いやーほんと何言ってんだろうなこの二人は、ハハッ」

ようやく生徒会室に静寂が訪れた。

蘭子、綾は黙々と書類を片付けており、燐音と真理は何故《なぜ》か龍之介に密着するように席ごと身体《からだ》を寄せている。

「あの、二人共? すげーやりづらいんですけど……」

文字通り肩身が狭い思いをしながら、龍之介は小声で両隣の二人に言う。

「龍之介は気にせず業務を続けてください、私がサポートしますので」

「そうよ、マリーがしっかり補佐するわ」

「そうは言うけどよ……あのほら、物理的にね？　近くてね？」

「龍之介、汗をかいていますね、今拭きます」

「いやこれは二人がくっつくから……」

額に浮かんだ汗を、燐音がハンカチで丁寧に拭うのを、龍之介は無抵抗に受け入れる。

「太宰龍之介先輩喉渇きませんか？　マリーが飲んだのでよければあげますよ」

「いや別に——むぐっ」

スポーツドリンクの入ったペットボトルにささったストローの先を、真理が無理矢理龍之介の口の中へと突っ込む。

「サポートが手厚すぎるだろ！　外科医かよ！」

「まあ龍之介ったら、そんなに褒められると照れてしまいます……」

「マリーも悪い気はしないわね……」

「いや別に褒めてねえよ!?」

◆

地獄のような生徒会の業務が終わり、龍之介と燐音は二人並んで昇降口を出る。

「燐音、晩飯は何を食いたい？」

「龍之介が作ってくれるのですか？」

「まあ恐らくそうなるな……会長は作れんのかな、なんとなく作れなそうだなあの人。燐音は作れるのか？」

「あっはっはっは！　龍之介は面白い事を言いますね！　この私が料理を作れるはずがありません！」

「ま、そりゃそうだよな」

「私は龍之介が作ってくれるのならなんでも良《い》いですよ」

「なんでもか……実はな、燐音。なんでもいいって言われるのが作る人間は一番困るんだ、覚えておきな。研究所ではどんな飯が出てたんだ？」

「ほうれん草の胡麻和《ごまあ》えとか切り干し大根の煮物とか小松菜のおひたしとか、ですね」

「病院食かな？　病院といやこの後研究所行かないといけないんだよな」

「ええ。私も龍之介も定期検診がありますからね」

検診という名目だが、主に燐音の経過観察と、龍之介の《聖印《リング》》の力を研究する為《ため》のものである。この定期検診を承諾したからこそ、龍之介達の自由がある程度保証されていると言っても過言ではない。

「送迎場所は駅前か……会長も一緒に行けばいいのになんか急いで先に帰っちゃったし」

「あちらはあちらで我々が及びもつかぬところの準備などが色々とあるのでしょう」

「そういうもんか。まだ時間あるな。適当に暇潰して、それで検診終わったら買い物してから帰るか」

「わかりました。それで構いません」

龍之介のスマートフォンから通知音が鳴る。

メッセージアプリ経由で蘭子からメッセージが届いていた。

「ん？『研究協力費を口座に振り込んだから確認してくれ。買い物したらとりあえず全部領収書貰《もら》うように』だってさ。助かるな」

お金の話や検診の話は既に蘭子から聞いていた。とにかく金がない龍之介にとっては、少しでも援助が受けられるのはありがたかった。文字通り現金な話であるが、お金とはモチベーションになるのだ。

二人は西九重駅前まで向かう。

駅前には百貨店やスーパー、ファストフード店、書店、等々大体の店が揃《そろ》っている。

龍之介が最初に寄ったのは銀行だ。

現金自動預払機を操作し、キャッシュカードを入れて残高を照会する。

ワクワクしながら、龍之介は現金自動預払機の画面に表示された数字を見る。

「……ん？」

龍之介は一度見た後に、目を擦《こす》ってもう一度見た。

つまりは二度見だ。レシートを発行し、手を震わせながらそこに書かれている預金残高を更にもう一度確認する。

「どうかしましたか？」

「シッ……！　出るぞ燐音……」

龍之介は燐音の手を取って、周囲をキョロキョロと見渡しながら銀行を出る。

そのままビルとビルの間の人気のない路地へと入った。

「こんな暗がりに連れ込んで、なんなのですか一体……はっ⁉　まさか龍之介……こんな所で……⁉」

「何もしねーよ！　ちょっと待て」

もう一度レシートをゆっくりと、少しずつ開いて覗《のぞ》く。

「……夢ではない」

龍之介の想像していた額を遥《はる》かに超えた金額が振り込まれていた。

既に彼の頭の中ではこの収入が課税か非課税かという事しかなかった。

「うち結構金払い良いんですよね」

唐突に背後から声を掛けられて、龍之介はその場で飛び上がった。

「ギャー！」

情けなく燐音に隠れるように身体をひっつけ、声の主を見る。

「なんだ、更科《さらしな》さんか……びっくりさせないでくださいよ。こんちゃっす」

「どうも」

声の主は《特災研》の研究医、更科綜《すべる》だった。

燐音もぺこりとお辞儀をする。

「どうしたんですかこんな所で」

「二人の送迎に参りました。初日は知った顔のがいいだろうという事で私が担当になったんです。次からは一課の方ですけどね。まだ少し時間ありますけどどうしますか？　もう行きます？」

「そうですね。俺らも特に用事があるってわけではないので、このまま行こうかな。燐音もそれで大丈夫か？」

「ええ、それで問題ありません」

三人は近くの駐車場まで向かい、停《と》めてあった黒塗りの大きな車に乗り込む。

綜は当然運転席、龍之介と燐音は後部座席だ。車中は広く、龍之介が余裕で足を伸ばせる程である。

龍之介と燐音を乗せた車は、夕方の空の下を走る。

窓の向こうには見慣れた景色が流れていく。

研究機関の所持する車は社用車なのか、それとも公用車なのか、《特災研》の場合はどちらにも当てはまらない気がするな。と龍之介はそんな事を考える。

「更科さんて、研究所ではどんな仕事してるんですか？」

単なる疑問、なんて事はない雑談の話題振りだ。

返ってきた答えは、随分とはっきりした大きな声でだった。

「私は世界を救う仕事をしています！」

狭い車内に溌剌《はつらつ》とした声が響き渡る。

その様子に、龍之介は多少面食《めんく》らってしまっていた。

「確かに幻想少女で世界がヤバいってのをなんとかするんですから立派な仕事ですよね！

会長……蘭子さんとか、俺の一個上なのにすごいですよね。なあ燐音？」

「はい。蘭子の凄《すご》さは認めるに吝《やぶさ》かでないです」

「室長は本当に天才なので……そういえば龍之介君も検診って聞いてましたけど、どっか悪くしてたりするんですか？」

「なんか……《聖印《リング》》の検査があるっつー話ですけど」

「……《聖印《リング》》？」

「あれ、蘭子さんから話通ってません？」

困ったような声で綜が続ける。

「……《聖印《リング》》てなんですか？」

その言葉に、ぴくりと燐音が眉を顰《ひそ》めた。

「いえ、すんません蘭子さんから言われてて……」

蘭子から聞いていなかったのだろうか、と龍之介は訝《いぶか》しむ。

（あれ？）

龍之介の頭に疑問が浮かぶ。

（会長と一緒の組織の人なのに、《聖印《リング》》を知らないなんて事あるんだ）

三人を乗せた車は、国道を走る。

◆

夜。研究所で蘭子による検診を終えた龍之介達は、三人一緒に帰宅した。

検診の内容は、寝かされてMRI検査機器のような機械の中に入れられたり、バリウム検査のようにまずい薬を飲まされてぐるぐると回転させられたりと人間ドックのようなものであり、龍之介が想像していたものよりずっと現実的であった。

道中、夕飯の買い物でもまた一波乱あったのだが、それはまた別の話。

今は燐音、蘭子の二人はちゃぶ台でお茶を飲んでおり、龍之介は洗い物をしている。

「太宰少年料理上手だな」

「ええ……大変美味でありました」

しみじみと、腹を満たした女子二人が言う。

献立は油淋鶏《ユーリンチー》、蕃茄炒蛋《ファンチェチャオダン》、豆苗《とうみょう》と厚揚げのサラダであった。

「ふふっ、これでも以前定食屋のキッチンでバイトしていた経験があるからなぁ」

なんともないように言っているが、二人に褒められてめちゃくちゃ喜んでいた。

自宅で気兼ねなく料理したのは随分と久しぶりだ。

普段は金がないのでなるべく節約していたが、料理自体は好きなのだ。食費は経費として申告できると聞き、腕によりをかけた。

「龍之介、早く皿洗いなど終わらせて私に構いなさい」

「燐音も一緒に太宰少年を手伝えば早く終わるんじゃないか？」

「はっ……！　流石《さすが》は蘭子、人数が倍になれば倍の速さで作業が終わるのは道理。天才と呼んであげましょう」

蘭子に言われ、とてとて、と燐音が近付き、龍之介の隣に並ぶ。

「喜びなさい龍之介！　私も手伝ってしんぜましょう！」

「気合入ってんなー。頼むわ」

「ええ！　全力で取り組みますからとくとその目に焼き付けておくように！」

燐音はシンクに置かれた皿を一枚取ったその時だ。

「あっ⁉」

コンテナを放り投げ、砲丸に指の型をつけるドラゴンパワーで持たれた皿が、割れる音と共に粉々に砕け散った。

「り……龍之介ぇ……」

「ちっと気合が入りすぎたのかな……？　学校の食堂だと大丈夫だったのにな……」

「うぅ……面目次第もございません」

「ま、まあそういう時もあるよな、洗うのは俺やっから、食器乾いたら片付け頼むわ」

「はい……承知しました……」

ひどく落ち込んだ様子の燐音は、肩を落としてちゃぶ台の方にとんぼ返りしていった。

龍之介はその背中を見送りながら、スマートフォンを操作している蘭子に話しかける。

「あ、会長うちネット繋《つな》がってないんですけど仕事で使ったりしません？　スマホのギガとか大丈夫です？」

「問題ない、これがうちの Wi-Fi のパスワードだ」

蘭子が一枚の小さな紙切れを指に挟んでちゃぶ台の上に置く。

「Wi-Fi のパスワード……？　何やったんです？」

「このボロ家にネット回線を引いた」

「え⁉」

「それと私の部屋と居間にエアコンも取り付けた」

「え⁉」

慌てて龍之介は居間を見回す。

「あ、ほんとだ！　なんで気付かなかったんだ、自分ちなのにどんだけ注意力ないんだ俺は！　時計の横にエアコン付いてる！　すげえ文明の利器だ！　ていうか会長の部屋じゃなくて俺の部屋ですよね!?」

「大丈夫だ、経費で落とした」

「そんな話は一切していませんでしたが、ありがとうございます。ていうか会長の家じゃなくて俺の家ですよね!?」

「公立高校に存在しない転入生を半日で捩じ込む事に比べたら、ネット回線工事とエアコン取り付け工事を一日で終わらせる事くらい赤子の手をひねる方が難易度高いくらいさ」

「んな事聞いてねーよ！　怒られないかな叔父さんと叔母さんに。一応借家だし」

「何か言われたらこちらで対処するよ」

蘭子に対処させるとなにか必要以上に大変な事になりそうなので、できる限り穏便にこちらで対処しよう。そう龍之介は考えるのであった。

「さて」

と言って蘭子が立ち上がる。

上着を羽織り、鞄《かばん》を持ち、先程帰ってきたばかりなのに出掛けるようであった。

「あれ、会長どっか行くんですか？」

「さっき燐音がお皿割っちゃっただろう？　新しく買ってこようと思ってな」

「めんどくさがりの会長がそんな殊勝な……明日でよくないですか？」

「やれやれ、太宰少年は少しデリカシーが足りないねえ。もっと察する能力がないと女の子にモテないぜ」

「龍之介はモテなくていいです、私がいますので」

「はっは、その通りだな。ま、お皿は口実だ、着の身着のままで住み込むわけにはいかないだろう？　女の子は色々と入用なのだ覚えておくといい」

「はあ……わかりました。って鍵持ってるんですか？」

「合鍵は作製済みだ」

言って、ポケットからうんちのキャラクターのキーホルダーを取り出して見せつける。

「ですよねー」

「蘭子、夜道には気をつけてください」

「ああ。優しいね燐音は」

「なっ⁉　そ、そんな事では……蘭子がいなくなると私のメンテナンスをする者がいなくなるからってだけです」

「はいはい、そういう事にしておこう。愛する燐音の為《ため》に早めに帰ってくるよ。それでは。散らかってるから私の部屋に入るなよ？」

「俺の部屋なんですけど⁉」

手をひらひらとさせて蘭子は玄関に向かい、そのまま家を出ていった。

洗い物を終え、手についた水気をエプロンで拭きながら、龍之介は燐音の正面に座り、ポケットに入れていたスマートフォンを取り出し、喋《しゃべ》りながら操作する。

「うわっ、本当にWi-Fi繋がった……つーかSSIDがUnchiBuriBuriってってたねーな……接続したくなさすぎるだろ。この感性はやっぱ見た目通り小学生なのか……？」

「わいふぁいというのは詳しくは存じませんが、だめなものなのですか？」

「いやまぁうちにWi-Fi通るのは普通にありがてえけども。通信量に気ぃつかってあんま外でブラウジングとかもやらねえかんな俺。よく考えたら昨日からほとんどスマホ触ってねえし。それにしても会長は勝手だなあ」

「龍之介もわかっていると思いますが、龍之介がこうして自分の家に戻れているのは蘭子のおかげなのですよ。龍之介が《特災研》に身柄を確保された際に、研究対象として地下に幽閉される可能性もありました。《魂印者《リンカー》》と《聖印《リング》》のデータ自体が貴重ですから」

「まあなんかお伽噺《とぎばなし》じみた存在らしいからなぁ。検診の時にも会長が言ってたな」

「ええ。なので枢機会議……あ、《特災研》の最終意思決定機関の事です。彼らも第一段階にまで暴走が進んでいた私と、《聖印《リング》》を持つ龍之介を自由にするのを渋ったでしょうが、彼らを短時間で説得し、子守竜計画を進めたのは、蘭子の手腕です」

どこか自慢げにそう語る燐音を見ながら、龍之介は言う。

「燐音と会長って、なんつーか姉妹みたいだよな。見た目は会長が妹だけど」

「えー……そうですかぁ？　……いえ、まあそうでしょうね……友人と言えるのは蘭子くらいなものです。彼女は、あそこで初めてできた友人ですから」

「そうなのか」

「ええ。蘭子が初めて《特災研》へと着任した時の話なんですけど、彼女は他の研究員の制止を振り切って、初対面の私に手を差し伸べてこう言ったんです『私と友達になろう』って。笑ってしまいますよね、猛獣の檻《おり》にわざわざ足を踏み入れるんですから。頭がいいくせに馬鹿なんですよ、蘭子は。それ以来の付き合いです」

その声は大切な思い出を愛《め》でる者の、過去を懐《なつ》かしむ優しい声であった。

「会長は最初からわかってたんだろ、燐音が猛獣なんかじゃないってさ」

「……はい。そうですね」

燐音は目を細め、微笑《ほほえ》んだ。

「やっぱすげえよ会長は、俺ん時も入学したての俺に『少年、私は君が気に入ったので生徒会に入れ』とかなんとか言ってきて強引に生徒会に入れてさ、人の懐《ふところ》に潜り込むのがやたら上手《うま》いのか、どうも初対面って感じがしなかったんだよな。あの人誰とでもすぐ仲良くなるし」

「——蘭子とはいえ、他の女が龍之介に褒めちぎられていると面白くありませんね。謝罪なさい龍之介」

「ええー⁉　そういう流れだったじゃん⁉」

あまりに唐突で理不尽な謝罪要求に龍之介は思わず両手を上げて畳の上へと寝転んだ。

寝転んだ龍之介を見た燐音が立ち上がり、彼の側《そば》まで移動し、そのまま龍之介の腹の上にまたがり、覆いかぶさった。

「龍之介」

「な、なんです？」

燐音の長い髪が龍之介の顔に掛かる。その瞳は、どこか熱っぽい。

「今夜はその……私達が番《つがい》となって初めての夜ですね……」

「よっしゃ、部屋を変えてもらおう」

「待ちなさい」

絶対に碌《ろく》な事にならない予感がしたので逃げようとする龍之介の腕を、燐音が摑《つか》む。

「布団《ふとん》は蘭子が用意しています。一応二枚ありますが……一枚で構いませんよね？」

「いだだだ、パワーが、パワーが違いすぎる……！　風呂《ふろ》に入りたいんだ！　風呂に！」

「つまりは……そういう事ですね？」

「どういう事⁉」

燐音の拘束から解放された龍之介は、スマートフォンをちゃぶ台の上に置いて逃げるように脱衣所に入っていった。

◆

居間に一人残された燐音は、静寂の中にいた。

先程までの三人での喧騒《けんそう》が嘘《うそ》のようだ。

「だからこそこの静寂はあの喧騒の尊さをより際立《きわだ》たせてくれるのかもしれませんね」

暴走進度が進み、檻の中で生活する事を余儀なくされた日々を思えば、今がどれ程恵まれた時を過ごせているのかわかるというものだ。

世界の滅びなどないかのように、自分は生きていてもいいかもしれないと思う程に。

「うん？」

燐音の視界に、ちゃぶ台の上に置かれた龍之介のスマートフォンが映った。

スリープモードにし忘れたのか、ホーム画面が表示されたままだ。

燐音はスマートフォンを手に取る。

「私が支給された物とは随分違いますね……」

龍之介のスマートフォンは型落ちの安物だ。製造メーカーもインターフェースも性能も何もかもが燐音の物と異なっている。

ふと、学校で真理が言っていた言葉を思い出した。

――太宰龍之介先輩のスマホの画像アプリに保存されているモノから類推するに――

龍之介のスマートフォンを握りしめ燐音はごくり、とつばを飲み込む。

「……ちょっとだけなら……」

彼女が言っていた龍之介の好みが本当かどうか確かめたい衝動に駆られる。

「いえいえ、いけません。そんな他人のプライバシーを覗《のぞ》き込むような真似《まね》は……あのコウモリ女のような下劣な真似をするわけにはいきません」

首を振りながら、燐音がスマートフォンをちゃぶ台の上に置く。

置いた拍子に指先がブラウザアプリに触れてしまい、ブラウザが起動、龍之介が触っていなかった為に昨日から変わらずに開いていたタブの一つが表示される。

凶悪犯に死刑判決が出たというニュース記事のコメント欄だ。

そこにはこう書かれていた。

――死んだほうがいい人間っているよな。

◆

ファミリーレストラン『シャンデリア』西九重駅前店。

その一角、二人用テーブル席に一人の少女が座っている。

夜に一人でファミリーレストランにいるには不釣り合いな程、幼い見た目の少女だ。

固めのプリンを美味《おい》しそうに食べるその少女の向かいの席に、挨拶もなしに無遠慮に座る者がいた。

「こんな時間に呼び出して……うちの監視を欺くのも楽じゃないんですけど」

金の髪を二つに結んだ美しい少女だ。

「つまんない用事だったら怒りますよ？　後奢《おご》りでいいですよね？」

「ああいいぞ。好きなものを頼むといい」

わーい。と、金髪の少女はメニュー表を開き、メニューを眺めながら言う。

「この話、先輩には伝えてないんですね」

「彼に余計な気苦労を背負わせるのも忍びないからな」

「しっかしガチで一人とか警戒心とか用心って言葉はないんですか？　馬鹿なんですか？

ここ学校じゃないから殺されても文句言えませんよ？」

「私を殺すつもりがあるならとっくにやってるだろ？　なら私はまだそちらにとって然程《さほど》重要じゃないって事で、警戒や用心も必要あるまい」

「なんか舐《な》められてる気がしてむかつきますね……んで、何の用ですか？」

「何の用、だって？」

幼い見た目の少女が言う。

「私は《特災研》の研究医、君は《オーダー》の幻想少女、つまりは敵対関係だ。そういう関係でしかできない話が存在する」

「つまり……なんですか？」

プリンを完食し、訝《いぶか》しむ金髪の少女に向かって、努めて真面目な声音で言う。

「最悪の可能性の話をしよう」

◆

理不尽な夢を見ている。

気付けば、一人で檻の中にいた。

気付けば、一人で死なねばならなかった。

それは普通とは外れた理不尽、どうあっても抗《あらが》えない運命。

「私が生きていれば多くの人が死んでしまう。故に私は多くの人にとっては死んだほうがいい、死んだほうが益となる存在なのだ」

悪魔《ふんぬ》の声が聞こえる。

身体《からだ》の奥から止めどない怒りが溢《あふ》れ、どうしようもない衝動が襲っている。

「理不尽だろう？　不条理だろう？　私を必要としない世界はわたしにとっても敵。だったら敵を、この世界を壊すべきだ」

憤怒《あくま》の声が聞こえる。

何に対して怒っているのかすらも、よくわからない。

きっとその理不尽に対して憤《いきどお》っているのだろう。

「だが、優しい優しい私の事だ。あの男がいる限りは壊す事などできないだろう」

全てを壊し、全てを燃やす。

一つ壊す度に、胸がすかっとする。

一つ燃やす度に、頭の中が晴れていく。

「だから、私の為《ため》にわたしがあいつを殺し、わたしが世界を壊してやろう」

悪魔の声が、聞こえる。

◆

「っ……！　夢……」

草木も眠る丑三《うしみ》つ時、竜の少女は悪夢から目を覚ました。

焦点が定まらず、呼吸は荒く、心臓が早鐘を打ち、体中びっしりと汗をかいているのに、凍えるような寒気を感じていた。

落ち着く匂いが鼻腔《びこう》をついた。

居間の中央に狭い布団を並べて、少女に背を向けて少年が眠っている。

その背の熱に、少年の命を感じ取れる。家族の温かさとは、こういうものだろうか。

少女には家族の記憶がない。

少年が聞かされていない幻想少女の秘密が一つある。

個人差はあるが、幻想少女は因子が初めて発現した時以前の記憶が消えてしまうのだ。

彼女の因子が発現したのは十年前。それ以前の記憶はなく、気が付けば《特災研》の施設に収容されていた。

それ以来、ずっと檻の中で孤独を感じていた。だが、今は違う。

——女の子が怪我《けが》しそうなら助けに入るだろ、普通は……。

あの夜、少年に言われた事を頭の中で反芻《はんすう》する。それだけで、安心感が心を満たした。

少年にとっては、なんて事のない言葉。

だがしかし、人に非《あら》ざる力を持ち、化け物と畏れられ、常識から隔離され、普通から遠ざかっていた彼女にとって、自分を身を挺《てい》して助けるべき一人の人間として接してくれた事は、彼女のそれまでの価値観からすれば衝撃的な出来事であった。

彼女にとってあの行動、あの言葉は好意を抱くのに、何ら不足のないものであった。

「龍之介……」

少女が誰かを好きになったのは、生まれてきてこれが初めてだった。

故にそれが恋愛の感情なのか、それとも別のなにかなのか、少女自身も戸惑っていた。

ただあの衝動を、きっと愛だと言うのだと、少女は本能的に理解していた。

少年の布団の中に忍び込み、その背中に手を触れれば、温《ぬく》もりが伝わってくる。

この背中に助けられたのだ。

「起きていますか……?」

「……」

囁《ささや》くように訊《たず》ねるも、答えは返ってこない。少年の背に手を添えようと伸ばしたところで、少女は手を引っ込めた。

好きだからこそ不安になる、全力で抱きしめたい衝動に駆られる。

しかしそれは叶《かな》わぬ話。

彼女が全力で抱きしめれば、少年はいとも容易《たやす》く壊れてしまう。

竜が抱擁するのに、人間の身体はあまりにも脆《もろ》すぎる。

誰かを傷つけなくては全力の愛を表現する事もできない。それが幻想少女だ。

「ねえ、龍之介」

彼女は一人になるといつも考える。

「死んだほうがいい人間って、いると思いますか?」

何千、何万と己に問いかけていた疑問を、最愛の人に問いかける。

初めて誰かに問いかける。

答えは、返ってくる事はない。

第四章　狂気神託ギャラルホルン

暗い部屋に、一人の人間がいる。その表情は歓喜に打ち震えていた。

「成功だ……成功だ！」

薬指には、赤い光が灯《とも》っている。

「あの少年のおかげで我が長年の研究が成就《じょうじゅ》するとは……悲願が達成できるとは……！

奇跡、いやこれは最早《もはや》運命だ……」

天に翳《かざ》すように、あるいは——愛する者から婚約指輪《エンゲージリング》を受け取ったように、恍惚《こうこつ》とした笑みが自然と浮かぶ。

「あはっハハハッ！　これでもう小賢《こざか》しい小娘も！　面倒くさい吸血鬼も必要ない！」

誰もがなし得なかったこの偉業、この功績、笑みが出るのを誰が止められようか。

「これで……世界は、救済る《ほろび》……」

指輪を見る目は感動と驚喜そして——狂気であった。

「我が世の春に祝福あれ！」

◆

——制服が嫌い、画一的な装《よそお》いで一括管理されているから。

少し前の話だ。

春。桜がだいぶ散ってしまった入学式の日に彼女は西九重《にしここのえ》高校にやってきた。

名前、涼《あぱら》・ヴラド・マリー。

年齢、十五歳。

家族、ルーマニア人の父と日本人の母、歳《とし》の離れた妹が一人。

経歴、ルーマニア・ブカレストで生まれ育ち、七歳の時に日本へやってきた。現在父と母は妹を連れて海外出張中。一人暮らし。

職業、高校一年生。

「これからよろしく」

満点の笑顔での完璧な自己紹介。

備考、だけど全て嘘《うそ》っぱち。

涼・ヴラド・真理《まり》は本物の学生ではない。

組織によって作られた経歴、作られた戸籍、作られた人生。その全てが仮初めで、真《しん》に彼女が持っているのは世界一と自負する己の美貌と、《吸血鬼《ヴァンパイア》》としての力くらいだ。

彼女に与えられた任務は、学生に扮《ふん》して《特災研》九重支部の監視と調査、そして第三因子強奪作戦への従事。

それが終わればまた次の任務。

今回の任務もいつもと同じ。ドンパチ前の下見と実行。よくある任務の一つ。

《オーダー》と《特災研》の化《き》かし《つね》合い《たぬき》に駆り出され続け、いずれ訪れる死刑まで生を削られ続ける。

存在を罪とされる生き物の、断頭台までの短い短い、ろくでもなく腐った世界での執行猶予期間《モラトリアム》。

それが彼女の人生である。

それは普通の人間の生き方ではないだろう。であれば、自分は人間ではないのだ。そう彼女は自身を定義していた。

——制服が好き、画一的な装いだからこそ自分を純粋に表現できるから。

窓際《まどぎわ》最後尾の席で頬杖《ほおづえ》をついて、窓の外を眺めながら真理はぼやく。

「くだらない……。みんな死ねばいいのに」

人間でない者が、人間に混じって、人間の真似事《まねごと》をしている。

これ以上滑稽な事があるだろうか、喜劇を通り越して悲劇ですらあった。

任務だとしても非効率的だ。学生という身分がこの国において最高の隠れ蓑《みの》になる事は事実だというのは真理も認めるところであるが、それでも不満はあった。

普通の生活に憧れなんてなかった。

どこぞの小国の、これまた小さな孤児院で、運悪く幻想因子がどこかの誰かから転移してきて発現し、《オーダー》に確保された時点で彼女の人生は終わったも同義であった。

「住む世界が違うのよ。魚が森の中で、他の動物と一緒に普通に生きられないように」

だが、斜に構えていながらも心の奥底では初めての学生生活を楽しみにしている部分はあった。本人は絶対に認めたがらないだろうが。

訓練施設での集団訓練とは違う、〝普通〟の中に交ざっての〝普通〟の疑似体験。

そんな時だ、彼女が彼と出会ったのは。


入学してからしばらく経《た》った後の事である。

「……ない」

帰宅や部活で出払い、教室どころか一年生のフロアには他の生徒が誰もいない、夕陽《ゆうひ》の入り込む放課後の教室。

熱血女教師に、壁を作らないでクラスの皆と溶け込む努力をしなさいなどとお説教をされて戻った彼女の教室、自分の机の上に置いていたはずの鞄《かばん》がなくなっていた。

「間違えて持っていくわけないし……」

自分の鞄には駅前のゲームセンターで手に入れたカプセルトイの、冒瀆《ぼうとく》的なウサギのような何かのミニフィギュアが付けられている。取り違えるという事はありえないし、そもそも取り違えたのであれば教室内で他に鞄が残っているはずだ。

であれば、答えは一つしかない。

「あんのブサイク共……」

脳裏に浮かぶのは三人のクラスメイトの女子。

所謂《いわゆる》スクールカースト上位層といったグループであり、真理も初日にグループに誘われたが、断った為《ため》に生意気とされ彼女らの『標的』となってしまったのだ。

真理に聞こえるような声で、彼女の整った容姿をやっかむような事を言われていたのは知っていた。故に、彼女らが盗《と》ったというのは容易に想像できた。

「あー……めんどくさ。孤高の美人は敵が多いわ」

所詮はか弱い人間で、己よりも大きく容姿の劣る相手だ。陰口くらいは許してやるつもりだったのだが、こうまで悪意をぶつけられれば話は別だった。

真理は廊下へと出る。

「あれ……？」

出た所で、真理は猛烈な立ちくらみに襲われた。

目眩《めまい》がし、思考が上手《うま》く回らず、立っていられなくなりその場に座り込む。

「うっ……ぐっ……」

貧血に似た症状だが、全くの別物だと真理は知っていた。

吸血衝動である。

次いで飢えや渇きに似た吸血欲が彼女を駆け回る。

「なっ……」

真理は廊下で一人、胸を押さえる。瞳孔が開く。

《吸血鬼《ヴァンパイア》》の幻想因子は最も優秀な因子とされる。

秀《ひい》でた運動能力と再生能力、血液を操る汎用性の高い特殊能力と複合的な理由であるが、
その中でも安定性の高さが特筆される。

《吸血鬼《ヴァンパイア》》因子は経年以外で暴走する危険性が他の因子と比べると低いのだ。

唯一欠点として吸血衝動が存在するが、それも定期的に血液を経口摂取すれば克服できる。今日も昼食後に、隠れて屋上で《吸血鬼《ヴァンパイア》》用の人工血液パックを摂取した。

だというのに、その日の吸血衝動は抑えきれず、そして普段よりも強いものであった。

勿論《もちろん》予備のパックも持ってきていたが、鞄の中だ。

「なんで……こんな時に……」

吸血衝動というのは理性で我慢できる代物ではない。

飢えや渇きに似ているが、肉体的な衝動ではない。魂の衝動なのだ。

これ程の焦燥感に包まれたのは、生まれて初めての事だった。

他人の血液を吸えば勿論吸血衝動は収まるが、そうすれば自分が幻想少女だという事が露見する可能性が高まるし、もし露見すれば《オーダー》にとって大きな損失となり、真理が処刑される可能性も十分にある。

だが、それ以外の理由で彼女は他者への吸血行為を自らに禁じていた。

「誰とも知らない奴《やつ》の血を吸うなんて……それだけは……絶対嫌」

他人の血液を自分の糧《かて》とする行為は、彼女にとっては誰でもいいというものではなかった。歴代の《吸血鬼《ヴァンパイア》》因子の幻想少女の中には、吸血行為を食事と定義して無差別にしていた者もいたそうだが、真理はそういうのは、はしたない行為だと考えていた。

「はぁ……はぁ……」

冷や汗が背筋を伝う。

「おい、大丈夫か？」

そこに、そう声を掛ける者がいた。

合わぬ焦点を何とか向けると、そこには一人の少年がいた。

見た事のある顔だった。確か教科書に出てきそうな名前の、生徒会の人間だ。

真理からすれば、生徒会役員だろうが喋《しゃべ》った事もないモブAと同程度の認識である。

彼は何故《なぜ》か全身ずぶ濡《ぬ》れで、顔には何故か打撲の痕や擦過傷がいくつかできており、冒瀆的なウサギのミニフィギュアが付いた真理の鞄をその手に抱えていた。

「丁度よかった、お前一年の涼なんちゃらだよな？　顔真っ青だぞ、保健室行くか？」

――なんでマリーの名前を知ってるの、キモい。どうでもいいからほっといて。

普段の彼女であればそう突っぱねただろうが、そんな余裕すらなかった。

「は……？　なんでそんな……濡れてんの……？　てかあんた、何？」

声すら上手く出せない。

こんなよくわからない男に心配されている事すら、屈辱であった。

「俺は二年の生徒会副会長、太宰龍之介《だざいりゅうのすけ》だ。ほら、立てるか？」

少年──龍之介が真理の手を取る。

「手ぇ冷た！　立てないか？　う―ん、おんぶも難しそうだし……悪いな、ちょっと濡れるかもしれん」

言って、龍之介は真理の反応も待たずに右腕で真理の胴を、左腕で両膝の裏を抱えた。

「むんっ」

力を込めて真理を抱き上げる。

そこらの男にお姫様抱っこをされるなんて、屈辱でしかなかった。

──もやしのせいでマリーが重いみたいじゃない。

そんな思考をしながらも、吸血衝動は高まっていく。

龍之介の首元に目が行く。

太くもなく、細くもない首筋を凝視してしまう。

今すぐそこに噛《か》み付きたい。

その気持ちを必死で抑える。頭がおかしくなりそうだった。

男の匂いが鼻腔《びこう》をくすぐり、口の中に唾液が溢《あふ》れる。

「誰もいないか……」

保健室まで辿《たど》り着いて扉を開いた龍之介が言い、そのまま彼は保健室の奥にあるベッドに真理を寝かせた。

「鞄、貸して」

龍之介から鞄を受け取り、震える手で鞄を開ける。

「……ない」

いくつか私物がなくなっており、予備の血液パックの入ったポーチも見つからない。

血液パックはゼリー飲料のようなパウチ容器に入っており、見られたところで中に血液が入っているのはわからないが、紛失したとあれば問題だった。

「……中身なくなってんのか？　探してこようか？」

「大丈夫、ただの貧血……だから……ほっといて……」

「そういうわけにもいかねーだろ。お前一年だろ？　こういう時は先輩に頼れよ、保健室の先生戻ってくるまで俺も一緒にいてやっから」

余計な事を。

そう言おうとしたのに、口からは全く別の言葉が出た。

「なんで、私の鞄……わかったの……？」

「ん？　ああ、この変なウサギ付けてんのお前くらいしか見た事ねえし」

「キモ……一学年下の女子の鞄……なんで覚えてんのよ……」

「お前目立つじゃん。んで、お前のクラスの連中がプールにこれ投げ込もうとしてたところをたまたま見かけたんだよ。あこりゃあいじめの現場に違いないと思って咄嗟《とっさ》に鞄を空中でキャッチ！　プールサイドに投擲《とうてき》！　俺はプールに落下！　って顛末《てんまつ》」

「なんで、怪我《けが》してんのよ……」

「そいつらの彼氏の三年連中が出張ってきて喧嘩《けんか》になった。まあ多少ボコられたという見方もあるが、概《おおむ》ね俺の敵じゃなかったがな、ちぎっては投げ、ちぎっては投げ、女子もまとめて全員プールに投げ込んでやった。ま、連中もこれに懲りてお前の事どうこうしないだろ、釘《くぎ》刺したしな。大丈夫だとは思うけどなんかあったら言えよ、なんとかすっから」

へへっ、と笑い少年は大きくくしゃみをする。

「ぶえっくし！　あー流石《さすが》にまださみーな」

真理は理解した、この男は馬鹿だと。

だから馬鹿に、もう一つ訊《たず》ねた。

「なんで、助けてくれたの……？」

「なんで？　って何が？」

「理由が、ないから……」

「理由？」

何一つ打算のない口調で、少年は言った。

「俺が助けたいから助ける。それ以上何もいらねえんじゃねえか？」

彼女の記憶の中で、それまでの人生でそんな事を言われた事など一度もなかった。

誰かを助ける、誰かに助けられる。そんな余裕はどこにもなかったからだ。

きっとその笑顔と言葉を、彼女は忘れる事はないだろう。

「そんなの……損よ……」

「別に俺がお前の為に損してもいいと思ってんだから、お前は得じゃん」

その言葉を聞いた真理に、電撃のような衝撃が走った。

――ああそうか、この人は〝吸ってもいい人〟なんだ。

何の論理性もなく、直感的に彼女はそう思った。周りは全部敵で、味方なんて誰もいなくて、でもそんな世界で生きるしかなくて。

こんな男に、心を揺さぶられてしまった。

こんなクソみたいな世界で、もしかしたらこの人だけは味方になってくれるんじゃないかと、そんな事を思った瞬間、目の前が真っ白になった。

「――――――――――――。ぁ」

意識が一瞬飛んでいた。

あまりにも強い吸血衝動のせいで、気絶してしまったのだ。

「うっ、ぁ……」

どれくらい気を失ったのか。そう長い時間ではなさそうで、吸血衝動は未《いま》だに収まっていない。

ふと見れば、座ったまま保健室の机にうつ伏せになって龍之介が眠りこけていた。養護教諭が来るのを待っている間に眠ってしまったようであった。

そして彼の横、机の上には血液パックの入ったポーチや、彼女の私物がいくつか置かれている。どうやら探してきてくれたらしい。だが今は、そんな事はどうでもよかった。

吹奏楽部の練習する音、運動部の掛け声、夕陽《ゆうひ》の射《さ》し込む保健室に二人きり。

龍之介の首筋に真理は釘付《くぎづ》けになる。

あまりに無防備、あまりに無警戒。あまりに間抜け。

最早《もはや》我慢の限界だった。

欲しい、欲しい、欲しい。渇望《かつぼう》が己を支配していく。

血液パックなど目もくれず、ふらふらと亡者《もうじゃ》のような足取りで龍之介に近付いていく。

合理的、常識的に考えれば吸血行為はデメリットが大きすぎる。しかし、今の真理は理屈ではなく本能的に龍之介の血を渇望していた。

「はぁー……はぁー……」

衝動が理性を上回った。

「……何でも、頼っていいのよね、先輩。助けて貰《もら》いますよ……」

今日初めて話した先輩の首筋に、真理は牙を突き立てた。

吸血に痛みは生じない。

吸血行為時、唾液にモルヒネと同じような作用を起こす特殊な物質が含まれるからだ。

起きていても痛みがあるどころかむしろ快感を得る事だろう。

それでも龍之介が目を覚まさない程に寝付いているのは、両者にとって幸運であった。

もし目を覚ましたのならば、真理は少年を始末しなければいけないからだ。

生まれて初めてする他者への吸血行為。

牙を突き立てた傷痕から溢れる血液を啜《すす》ると、真理の脳髄に電撃が流れたかのような衝撃が走った。

——旨《うま》すぎる。

頭の奥で閃光《せんこう》が爆《は》ぜたように目の前がチカチカする。

濃厚で、芳醇《ほうじゅん》な血の香りが鼻腔を突き抜ける。存在しないはずの旨味や甘みが舌に纏《まと》わり付く。ありえないはずの酩酊《めいてい》感を覚える。急速に四肢の末端まで活力が漲《みなぎ》る。

これに比べたら、これに比べたら、《オーダー》製の輸血に利用できない人工血液など、水割りした牛乳みたいなものだ。

一心不乱に吸い、舌を這《は》わせ、舐《な》め取る。この世の全てを手に入れたような全能感。

気付けば、吸血衝動はなくなっていた。

「ぷはっ……」

牙を離す。

《吸血鬼《ヴァンパイア》》の唾液には止血効果もある。牙を突き立てていなければすぐに血は止まる。

真理はハンカチを取り出し、龍之介の首筋と自分の口元を拭う。

「ごちそうさまでした」

未だに眠っている龍之介の耳元でそう言って、真理は鞄《かばん》に私物を入れて保健室を出た。

沈みかけの夕陽が真理を赤く染め上げる。

彼女の気持ちは晴れやかで、足取りは軽やかに、耳に残る彼の名前を言葉に乗せる。

「太宰龍之介。変な名前」

生まれて初めて、異性に興味を持った。

魚が森に住む事に憧れてしまった。

どんな人なんだろう、どんなものが好きなんだろう、普段何しているのだろう、自分の事をどう想《おも》ってくれるだろう。好奇の心はときめきと共にとめどなく溢れ出る。

この感情はなんなのだろう。


「――生徒会かぁ」


生徒会副会長なら、生徒会に入ればよく知る事ができるのではないか。

「何故《なぜ》かこの学校に通っている《特災研》の生徒会長も、こっちのことを把握しているだろうし、あちらも接触しておきたいはずよね。だからマリーからあの生徒会長に生徒会に入れろっていうのもおかしくはないわ……将を射んと欲《ほっ》すれば先《ま》ず馬を射よってね！」

次の日。

涼・ヴラド・真理に対して何か言ってくる者はいなくなり、太宰龍之介は風邪を引いて学校を休んだ。

彼女が太宰龍之介に対して抱えた感情の正体を知るのに、そう時間は掛からなかった。

そんな夢を、見ていた。

◆

「ふわぁ……」

真理は、欠伸《あくび》をしてまだ眠気が残る頭を回しながら周囲を見る。

ここはとあるマンションの一室。九重市にいくつかある《オーダー》のセーフハウス、その一つである。

《竜《ドラゴン》》の因子と《聖印《リング》》所持者が接触してから約半月が経過していた。

朝から突発的な報告会を行うという連絡があり、少し早く到着してしまったのだ。

真理がいたリビングには剝《む》き出しのフローリングの上に椅子とテーブル、そしてソファーが雑に並べられているだけの殺風景な部屋だ。

彼女はソファーの上で足を伸ばして横になっていた。

朝早いのもあってどうやらいつの間にか眠ってしまっていたらしい。

つい一、二ヶ月前の出来事のはずなのに、もう何年も前の事のように思える。

「ふふっ」

龍之介の事を考えると、真理は自然と笑みがこぼれた。

彼と出会って世界が変わったとはっきり言える。

他人を好きになるのも初めてだったし、相手を好きにならせるのも初めてなので毎日が新鮮だ。学校に行くのが楽しくなった。

これが永遠に続けばいいのに、そう思える程に。

「感傷、なのかな……」

暴走の果てか、それとも暴走前に死刑となるか。いずれにせよ、そう遠くない未来に確実に訪れる死。己の運命は受け入れているつもりだ。

なのでせめて、執行猶予期間くらい楽しい思いをしても罰は当たらないだろう。

そして龍之介の存在というのは彼女にとっても希望であった。彼の持つ力があれば、その確実な死を引き伸ばすか、あるいは消す事すらできるからだ。

それは幻想少女であれば誰もが焦がれる救いの光、誰もが憧れる希望のお伽噺《とぎばなし》。

「先輩なら、きっと……」

龍之介の身を慮《おもんばか》り、組織に対する背信行為であると知りながら、彼が《聖印《リング》》を持つ

《魂印者《リンカー》》である事を真理は《オーダー》に報告していなかった。

　真理が頼めば、龍之介は喜んで結魂するだろう。だが、真理と龍之介が結魂すれば、《オーダー》に龍之介の事を捕捉され、奪取命令が出る可能性が出てくる故に真理は頼まなかった。いずれ気付かれるだろうが、自分の立場が悪くなろうと構わなかった。

「蝙蝠《どっちつかず》、か……何したいんだろう私……」

　自嘲気味に真理が笑うと、ガチャリ、と玄関の扉が解錠される音がした。

　ドアが開き、人が入ってくる気配がある。足音から一人。

　大丈夫だろうが、真理は多少警戒してリビングに入ってくるのを待つ。

　リビングに入ってきたのは一人の男。

《特災研》に潜り込んだ諜報員《ちょうほう》、《ロキ》であった。

「《特災研》の方で出向命令が出ちゃいまして、ちょっとバタバタしてました」

　極めて軽い調子で《ロキ》が言う。

　真理が《ロキ》について知っている事は少ない、知っているのは偽名くらいで、あまり好きな相手でもなかった。むしろ苦手な相手だ。

「よっと」

　雑に《ロキ》は椅子に座る。

「御機嫌よう、マリー」

「……マリーって呼ばないで」

真理がその渾名《あだな》で呼ばせるのは、真理が許可した相手だけだ。

《オーダー》内においては、極限られた相手にしか許していない。

特に《ロキ》に対してはその名で呼ばれる事をひどく嫌っていた。

「他の連絡員は？」

「さぁ、まだ来てないですね」

「……まあいいわ。それで、出向命令が出たってどういう事よ」

「言葉通り、急遽《きゅうきょ》別の研究所に出向しなくてはならなくなりまして。《竜》《ドラゴン》の因子を確保する為《ため》に潜り込んだのに、これじゃあ元の木阿弥《もくあみ》ですね」

「なんかやったの？」

「まさか。前回の作戦時に《竜》《ドラゴン》の因子は兵装持たされたりとどうにもこちらの動きを読まれ出しているみたいなんですよね。それで早速ですが、新しい命令です」

一拍置いて、《ロキ》が続ける。

「涼・ヴラド・真理を現在の作戦から除外、横根《よこね》基地に帰投せよ。以上」

突然の帰投命令に真理は不満の声を上げる。

「は⁉　帰投⁉　どういう事よ！」

「どういう事も何も、そういう命令です」

「誰が出した命令よ！　マリーはまだ……」

唐突な命令を聞いた真理は食って掛かる。

脳裏に最初に浮かんだのは、初恋の少年の事だった。

「ん？　前はあれだけ学生ごっこなんてしたくないって駄々こねていたではないですか、もしかして楽しくなっちゃったんですか？」

「そんなんじゃなくて、ただ任務の不当性を……」

「命令は絶対、覆《くつがえ》る事はありません。おとなしく従いなさい」

「そんな事！　急に……」

真理の言葉に、《ロキ》は右手で顔を覆い、大きく嘆息した。

「ハァ……」

そのまま前髪をかき上げ、指の隙間から瞳を覗《のぞ》かせる。

「ガチャガチャうっせぇんだよ」

《ロキ》の声が酷《ひど》く冷たく、憎悪《ぞうお》と怒りに塗《まみ》れたものへと急変した。

「何勘違いしてるんだ糞餓鬼《くそがき》、これはお願いじゃなくて命令だ。『はい』以外の糞を口から垂れる必要はねえ。お前に首輪が付いている事を忘れるなよ、人語を理解してるなら大人しくしとけ。こっちは大義の為に仕事してんだ。お前みたいな死んだほうがまだマシな人類にとっての病原菌に拒否権があるなんて思い上がってるんじゃねえぞ」

「あんた……！」

《ロキ》の侮辱の言葉に真理がソファーから立ち上がる。

「だったらどうするの？」

「なんだ、やる気か？」

「馬鹿が、力ずくで命令が覆ると思ってんのか？」

「どうかしら、気が変わるかもしれないわよ」

「……っとーに」

《ロキ》も椅子から立ち上がり、右の手を翳《かざ》す。

「救われねえ」

《ロキ》の右手薬指に環状の赤い光が走る。

それに似たものを、真理は見たことがあった。

「それは……《聖印《リング》》……⁉」

龍之介のものと比べると、光の色も、宿る箇所も違う。

だが確かにそれは、幻想少女が《聖印《リング》》であると確信する程に真《しん》に迫ったものだった。

《ロキ》の右手薬指の光に呼応するかのように、真理の胸元に赤い《罪印《サイン》》が灯《とも》ると同時、唐突に身体《からだ》の自由を失い、《ロキ》に髪の毛を掴《つか》まれて床に顔面を押し付けられた。

「くっ……⁉　力が、出ない……⁉」

何者であろうと、純粋な力で幻想少女に敵《かな》うはずがない。

故に現在真理が抵抗できないのは、《聖印《リング》》のせいだ。

「どこで、それを……」

「お前が知る必要はない。あのガキを庇《かば》って《聖印《リング》》について《オーダー》に報告しなかったのはわかってんだよ」

「……ッ」

性急な帰投命令、初めて見る《ロキ》の右手に宿る謎の力、真理の与《あず》り知らぬところで何かが動いているのを強く感じていた。

「ま、それはいい。だが覚えておけ、お前なんかいつでも殺せる。三級だから生かしているだけだ、《首輪付き》」

ぐい、と髪を摑まれたままさらに強い力で顔を床に押し付けられる。

「聞き分けのない馬鹿なガキならまだしも、躾《しつけ》のなってねえ畜生相手にまで寛容じゃねえぞ俺は。学生ごっこはもう終わりだ、わかったなら黙って従えゴミ」

「……」

「さて、残り二十四時間もない。性能実験もできた事ですし、最後の仕事をしますか」

命令に従う他に選択肢はない。

ずっとそうしてきたし、そもそも学生の身分だって偽物《にせもの》だ。

命令が下った以上、自分が取るべき道は一つしかない。

そうしなければ、命の保障はない。

元の生活に戻る、ただそれだけの既定路線。

それでも頭に浮かぶのは、恋をした一人の少年の顔だった。

《ロキ》が笑みを浮かべ、言った。

「救世主は此処《ここ》にあり、全て世は事もなし」

◆

龍之介が燐音《りんね》と出会ってから約半月。

学校での生活にも慣れ、友達もでき、彼女は完璧に普通の女の子として生活していた。

ずっとこんな日が続いていくのだろうという思いすら湧かない程に、一人の女の子が隣にいる事が当たり前の日常になっていった。

「今日来ませんでしたね、学校」

放課後。昇降口を出た龍之介は、隣を歩く燐音がそんな事を言ったのを聞いた。

「ん？」

龍之介はそれが真理の事を指しているのだと気付くのに、少々の時間を要した。

今日、真理は学校を休んだ。

いつも窓際《まどぎわ》で輝きを放つ彼女がいないと、生徒会室も暗くなったような気さえした。

「まあそういう日もあんだろ。あいつも忙しいだろうしな」

龍之介の軽い口調の言葉に、燐音がぽつりと返す。

「そう、ですか」

ここのところ、燐音はどこか物憂《ものう》げに考え込むような所作を見せる時がある。だが燐音と付き合いの浅い龍之介は、その事について踏み込んでいいものかどうか決め倦《あぐ》ねていた。

二人は足を止める。

黒塗りの軽装甲乗用車が二台、校門の前に停《と》まっていた。

車種など見てもよく知らない龍之介からすれば、なんかよくわからんが高そうな車程度の認識である。

その高そうな黒塗りの車に相応《ふさわ》しい黒いスーツを着た男達が立っている。

彼らの所属はすぐにわかった。《特災研》の対策一課に所属する者達だ。

幻想因子を軍事利用する事を主目的とした《特災研》の実験部隊にして実働部隊であり、武力抗争があった場合の主力でもある。

その辺の事情をよく知らない龍之介からすれば、なんか検診の際に送り迎えしてくれる強面《こわもて》の人達程度の認識である。

「あれ、珍しいな」

珍しい、というのは彼らを指しての事ではない。

車が二台ある事と、一課の面子《メンツ》が三人もいる事に対してだ。

普段は車が一台と送迎の人員が一人である。

「今日なんだか大所帯ですね、柳田《やなぎだ》さん」

龍之介が三人の中でも取り分け体格のいい熊のような大男、柳田に声を掛けた。

「ああ、なんでも今日は伊良子《いらこ》燐音一名のみ検診に向かってもらうそうだ」

龍之介の隣にいる燐音が首をかしげる。

「何故《なぜ》です？」

「こちらは詳しい事は何も……」

「俺はどうすれば？」

「太宰龍之介は護衛二名を付けて自宅待機、との事だ」

「なるほど、わかりました」

龍之介としてはまあそういうものなのだろう、と納得したのだが、燐音は納得していないようだった。

何かを考えるように唇を尖《とが》らせている。

「では両名、よろしいか？」

「断ります、私は龍之介と一緒じゃないと嫌です」

「そう言われてもな……」

「龍之介が一緒じゃないと、嫌です」

「しかし、太宰龍之介は自宅待機との命令であるから……」

「誰からの命令なのですか？」

「緋田《あけだ》室長代理からと、自分は聞いているが」

「蘭子《らんこ》の……？」

そう燐音は小さく呟《つぶや》いた。

「なんだか納得いきませんが……」

「勘弁してくれ、こっちも仕事なんでな」

「では蘭子と直接話をさせてください」

「地下研究所は機密保持の為《ため》に外部との通信の一切が遮断されている。まあできなくもないみたいだが、俺にその権限はない」

「むー……しかし……」

「まあ待て待て燐音、あんま困らせたらいかんだろ」

むくれる燐音を、龍之介が宥《なだ》める。

柳田からの、どうにかしてくれというアイコンタクトを受けたからだ。

「どうしてですか？　龍之介は私と一緒なら安全ですし、私の身に何かあった時に龍之介が側《そば》にいた方がいいのは自明です。子守竜計画とはそういうもののはずです」

「まあそうだけどよ、なんか事情があるんじゃね？　大丈夫だろ」

「ですが龍之介……」

「あんまりみんなに迷惑掛けたら――」

「そのみんな、というのは龍之介も含まれていますか？」

強い口調でそう言われ、龍之介は面食《めんく》らった。

「……すみません、大きな声を出してしまって。ですが、私は龍之介の事を……」

言葉を止め、燐音は一度目を伏せた。

「私は、一緒にいてはいけませんか……？　迷惑になっていますか……？」

「おい待てよ、そういう話をしてるんじゃあ」

「ほ、本当は龍之介も、そう思っているのではないのですか？」

震える声で堰《せき》を切ったように、燐音の口から感情が零《こぼ》れ出る。

「あの夜の、私の、問いかけに――」

ハッとした表情で、燐音が固まり、途中で言葉を切った。

「あの夜のって……？」

龍之介の言葉を遮るように、燐音は言った。

「わかりました、従います」

◆

自宅待機を命じられて車で自宅まで送られた龍之介は、特にやることもないので居間でゴロゴロしていた。

「んー」

玄関前には柳田、そしてもう一人黒井《くろい》という一課の人員が護衛として就いている。

どちらも龍之介は知っている顔だ。

燐音には柳田達の一課としての立場と、燐音が反発する事での《特災研》内部での立場を考えてああは言ったのだが、どうにも彼女とすれ違ってしまっていた。

「何言おうとしたんだ、燐音の奴《やつ》」

あの夜の、私の、問いかけに――。

燐音の、どこか思いつめたような、彼女が言い切らなかった言葉が耳に残る。

「まあ確かに……俺と燐音を離す理由はないよな」

《聖印《リング》》の効果が物理的距離に影響を受けるというのであれば、龍之介から距離を取らせるのはむしろ非推奨であり違和感の原因でもある。そこに対する実験的な意図があるのかもしれないが、説明がされていない以上は憶測を重ねるしかできない。

とはいえ、具体的な根拠もなしに単なる違和感などという曖昧な理由だけで大人達に不服を申し立てて波風を立てるのも、イマイチ組織内での自分の立場がハッキリしていない学生の龍之介からすれば憚《はばか》られるのもやむなしである。

「会長ならなんかあったら多分事情説明するだろうしな……柳田さんはああ言ってたけど会長が命令したんじゃない気がするんだよなぁ」

あるいはもっと上からの命令なのか、それとも単なる食い違いか。

いずれにせよ、そこには何か別の意図が介在しているのではないかと龍之介は考えた。

だがその考えは、今ここで答えが出たところでどうしようもないものであったのだが。

それよりも、気掛かりなのは燐音だ。

「……悪い事しちまったな」

寝返りをうつ。

彼女はただ一心に龍之介自身を気にかけていてくれたのに、そんな彼女の好意に甘え、これくらいなら許してくれるだろうと思って彼女の考えを聞き入れずに立場を気にした言葉を放ってしまった。

（なんにしたって、燐音が帰ってきたらちゃんと謝ろう……）

そう考えながらポケットからスマートフォンを取り出し、ブラウザアプリを開き、半月前、あの時以来なんとなく見るようになったニュースサイトへアクセスする。

トピックスの欄に、いつか見た死刑判決のニュースが載っている。

「あ……」

龍之介のシナプスが繋《つな》がる。

思い至った彼女の持つ苦悩、自分のしでかした事に嫌な汗が出る。

夜、問いかけ、一つの言葉が蘇《よみがえ》る。

――死んだほうがいい人間って、いると思いますか？

◆

太宰龍之介を自宅まで送り届け、その護衛に就いている対策一課の元自衛官、柳田もまた、龍之介と同じように此度《こたび》の件に疑問を抱いていた。

「ふうむ……」

「柳田さん、どうしたんスか？」

顎に手を当てて考え込む柳田の隣に立つ黒井が訊《たず》ねた。

今回柳田とパートナーを組む護衛だ。黒井は、元々公安に所属していたという。黒井は《特災研》に所属して日が浅いので、彼のパーソナリティやプライベートの事までは把握していないが、真面目な男だというのは知っていた。

「もしかして、この任務で思うところがあるとかッスか？」

「……わかるか」

「流石《さすが》に、あれだけ唸《うな》ってればわかるッスよ」

「妙だと思ってな」

「何がッスか？」

「あの少年の事だ。研究部が主導している計画の協力者らしいが、何の為に彼に護衛を二人もつけるんだ？　本気で彼に危険が迫っていて護衛するのであれば、一課二人だけでは《オーダー》の剣《ケンプファー》兵や幻想少女に太刀打ちできんし、そうでなければ警察の仕事だ」

下《した》っ端《ぱ》に必要のない情報を与えられないのはよくある話だ。

現に柳田も龍之介の《聖印《リング》》については聞かされておらず、柳田は単に太宰龍之介を護衛せよという命令を受けただけだ。

「そもそもあの少年はなんだ？　この間の襲撃時に居合わせた学生だというが、そこまで重要な人間なのか？　護衛という話なら単純に伊良子燐音と共に行動させておくのが一番安全だろう。何故《なぜ》あの少年と幻想少女を一緒にいさせないのかと考えていてな」

「そりゃあれッスよ」

と人差し指を立てる。

「幻想少女と一緒にいられると、あの少年を殺すのに邪魔だからッスよ」

言葉に対し、理解する一瞬の隙。

「黒井、お前――」

柳田が懐《ふところ》に忍ばせた自動式拳銃を引き抜く前に、黒井の拳銃から放たれた9㎜弾が柳田を撃ち抜いていた。

◆

外、玄関付近。

破裂音を龍之介は聞いた。

数は一回。

「――逃げろ！」

続いて柳田の声。

二発の破裂音。

それが拳銃による発砲音なのだと理解するのに時間は必要なかった。

逃走経路。

狭い家、逃げ道は多くない。玄関から近いし窓も小さい。

風呂《ふろ》、トイレ——論外。

居間の東西にある窓——こちらも玄関からほとんど距離がない。

自室、否《いな》蘭子の部屋——北側の窓、家の裏側から脱出が一番現実的。

同時に柳田達の事も考える。

(柳田さん達が撃たれたのか⁉　それとも撃ったのか⁉　黒井さんはどうなった⁉　助けに行ったほうがいいのか⁉　それとも逃げに徹して——)

戦闘訓練を受けた者が銃を使う事態で、一介の高校生に何かができるわけでもないのに逃走と救援で迷った挙げ句に龍之介は逃げ道を失った。

玄関を蹴破って、銃を持った黒井が家の中に入ってきた。

(黒井さんが柳田さんを撃ったのか⁉)

何故黒井がそんな事をするのかは不明だが、現在の状況的にそう判断するのが妥当だ。

玄関から居間までは一直線。射程に入っている。

黒井が銃を構え、発砲した。

龍之介は転がるように身を投げだして回避する。頭上の襖《ふすま》を弾丸が貫通した。

黒井が居間に入り込んでくる。

「待てよ黒井さん！　何でこんな――」

龍之介の言葉に、黒井は照準を合わせる事で応える。

格闘技を齧《かじ》っているとか、身体《からだ》を鍛えているとか、学生同士で少し喧嘩《けんか》が強いとか、そんなものは何の意味もないという現実を無慈悲に突きつけられる。

(救いようのない馬鹿だ俺は、あいつの言う通り絶対に離れちゃいけなかったのに、あいつは自分の立場が悪くなるのも構わず俺の身の安全を考えていてくれたのに、燐音と離れちまったツケがこれか。ごめん燐音……)

少年の命を奪う冷酷で乾いた銃声が響いた。

◆

同時刻。

九重因子地下研究所、第五研究室。

真っ白で、清潔で、でも仕事道具で散らかっている燐音がよく知る部屋だ。

薬品の匂いが鼻をつく。

研究室の自動開閉扉にほど近い場所で、燐音は椅子に座っていた。

その対面には白衣を着た研究医、更科綜《さらしなすべる》が座っている。現在は定期検診の最中だ。

燐音は腕を出し、綜に注射を打たれている。

因子を顕在化させなければ、燐音の表皮も人間と同等であり、人間用の注射針も通る。

（なんであんな事を言ってしまったのでしょう……）

子供の癇癪《かんしゃく》のように声を荒らげてしまった己の未熟さと幼稚さを燐音は強く恥じた。

龍之介が言っていた事は正しい。そういう命令が出ていたのであれば、それに従うのが普通なのだ。

普通を渇望《かつぼう》していたのに、大した根拠もなくその普通に反発しようとした。

彼はきっと一課や燐音の立場を慮《おもんぱか》って場を収めたのだ。

それを理解していて何故、燐音は声を荒らげたのか。

それはあの夜、龍之介のスマートフォンで見てしまった、何処《どこ》かの誰かのなんて事はない、死んだほうがいい人間っているよな。という取るに足らない言葉。

それがいつまでも燐音の心に、汚れのようにこびり付いていたのだ。

だから世界の誰からも必要とされなくても、彼にだけは必要とされたかった。だからあの時龍之介の口から迷惑という言葉が出て、自分は龍之介にとっても不要な存在なのかと不安になり、否定して欲しくなってしまったのだ。

離れたく、なかったからだ。

（なんにせよ、龍之介に後でちゃんと謝りましょう……）

「うん、安定していますね」

注射を打ち終え、タブレット端末を利用してデータ入力しながら、綜は口を開いた。

「あれ程不安定だった第三因子のＦオートファジーが完全に安定している。いやはや、これ程までとは……まさに世界を救う光、といったところでしょうか」

「世界を救う光……ですか」

「救世の英雄のみが受信できる周波数は常人の感覚質では受信できませんからね」

「……？　どういう事ですか？」

「抑圧だけでなく、完全に顕現した悪魔を殺す光でもあるという事です」

会話が成り立っていないような気がして空恐ろしくなり、燐音は綜に声を掛ける。

「更科室長代理補佐、お訊《き》きしたい事が」

「なんです？」

朗らかな笑みで、綜は返す。

「どうして今日は龍之介と私、別々になったのでしょうか。非合理的だと思うのですが」

「さぁ、私は何も」

「どうして今日の担当はいつもの蘭子ではなく、更科室長代理補佐なのでしょうか」

「さぁ、私は何も」

「どうして半月前、車の中で龍之介がうっかり漏らした《聖印《リング》》という言葉を知らないような振りをしたのでしょうか」

「…………」

「龍之介が《魂印者《リンカー》》である事は伏せられた情報でしたから、それを示唆するような言葉で驚くならわかります。ですが貴方《あなた》は幻想少女を研究する者であれば知らない者はいない《聖印《リング》》を知らない素振りを見せた。それはおかしい」

「……なるほどなるほど」

朗らかな笑みが、張り付いている。

「では、全ての疑問にお答えしましょう」

綜の言葉の途中、燐音の世界が回った。

「え？」

床が横転して急速に迫り、頭に当たる。

世界が回ったのではなく、自分が椅子から転げ落ちたのだと理解するのに少しの時間が掛かった。

「この状況を作る為《ため》ですよ」

視界の端に、綜が見える。その表情までは窺《うかが》えなかった。

「身体が……動か……」

身体が全く動かせない。

「《聖印《リング》》へのリアクションについては、完全に私のやらかしですね。あの少年が口を滑らした事に動揺して咄嗟《とっさ》に下手な嘘《うそ》をついてしまいました。何せ吸血鬼のガキが黙っていたせいで、あの時点では少年が《聖印《リング》》を持っている事を知りませんでしたから、寝耳に水だったんですよ」

「……あの子、黙っていたんですか……」

燐音の呼吸は浅く、辛《かろ》うじて掠《かす》れた声しか出せない。

「すみません、先程のは検査用の薬ではなく毒を盛らせて頂きました。流石は第三因子、人間だとあれだけの量で何万人も死ぬというのに一時的に麻痺《まひ》する程度とは」

ようやく、燐音は自分の愚かさに気が付いた。

（救いようのない馬鹿だ私は、本当に心の底から彼の事を想《おも》っているのならば、たとえ彼から嫌われようと、絶対に離れてはいけなかったのに。ごめんなさい、ごめんなさい龍之介……）

◆

《特災研》に《オーダー》の内通者がいる。

「それもこの研究所内、あるいはもっと上にだ」

白衣姿の緋田蘭子は、九重因子地下研究所の長く白い廊下を歩いていた。

前々から内通者の存在を疑ってはいたのだが、蘭子が確信したのは半月前の伊良子燐音移送中の襲撃事件だ。

わざわざ足の付きにくい空路での移送を選んだのにもかかわらず、時刻、ルート共に完全に把握されていた。

それまで及び腰だった上も、それでようやく内通者の疑いを持った。

最初に疑われたのは太宰龍之介だった。

だが龍之介はありえない。あの少年と燐音の出会いは偶然というほかないし、時系列的に考えても無理があるからだ。

移送計画を知っている者はそう多くない。

統括本部以上の地位にある上層と、対策部、そして研究部の一部だ。

所長や枢機会議の動きが遅いので、蘭子は独自の権限で研究部にいる内通の疑いのある者達をリストアップし、研究所から遠ざける工作もした。

これで枢機会議にスパイが紛れ込んでいればどうしようもないが、その線を想定したところで蘭子側からはどうしようもないので、ない事を前提として進めていた。

「ん……？　よく考えたらただの研究医がスパイ探し積極的にやってるのはおかしいな？　こういうのは二課の仕事のはず……」

そんな事をぼやきつつ、第五研究室の前までやってきた。

自動開閉扉の横に付いているコンソールに入室ログが記録されている。三十分程前に誰かが入室したようであった。恐らく燐音と龍之介だ。

入る時に驚かせてやろうかと考えたが、龍之介は冗談に厳しいので後で家事をさせられる可能性がある。故にやめておく事にする。

燐音の経過は良好だ。

その安定ぶりは目覚ましいものがある。半月前に第一段階だったとは思えない程であった。因子の暴走は基本的に不可逆なものであり、抑制剤で進行を遅らせる対症療法的手段しか取れなかった。

だが《聖印》《リング》の力によって、進行を遅らせるどころか暴走状態を解除できたのだ。

人工的な《聖印》《リング》の力を研究していた蘭子にとって、龍之介の存在は唐突に現れた救世主にも等しい。

いずれこの世界から全ての因子を消し去って、この悲劇に終止符が打てる。そう考えれば自分の人生を捧《ささ》げるのに些《いささ》かの躊躇《ためら》いもなかった。

「本当は、今すぐにでも彼には結魂してもらいたいのだけど……」

龍之介のおかげで貴重なデータは取れているものの、《聖印》《リング》の力の全てを解明したわけではない。龍之介側に《竜》《ドラゴン》の再生能力といった因子の力を一部共有している以上、結魂を続けて彼に悪影響が出ないとも限らない故に慎重になる必要があった。

パスワードを入力し、コンソールに付属しているセンサーに掌《てのひら》を置く。指紋掌形認証によってドアが横にスライドして開く。

「……燐音?」

最初に蘭子の目に飛び込んできたのは床に倒れた伊良子燐音であった。

診察室を思わせる真っ白い清潔な研究室には雑多に物が置かれたデスク、ＰＣを含めた大小様々な機器と器具、それらの中心で彼女は倒れていた。

燐音に気を取られて、もう一人の存在に気付くのが遅れた。

出向命令を下したはずの研究部の容疑者の一人。

更科綜の姿がそこにはあった。

「どうしてここに――」

疑問は銃声となって返ってきた。

腹部に衝撃。

遅れてやってくる鈍い痛み。

そのまま閉じたドアに背中からぶつかり、血の痕を付けながらずり落ちる。

腹部に被弾、重要な臓器には当たっていないようだが、応急処置が必要だ。

左手で傷痕を押さえ、痛みを堪《こら》えながら、綜を睨《にら》み付ける。

「……君か」

綜が内通者である可能性は十分にあった。研究部内に存在するかもしれない内通者を洗い出す為に、彼には他研究所に出向命令が出るように工作したのだが、一手遅かった。

出向命令が出されれば、この研究所内のあらゆる施設に対するアクセス権限を失う。

ただしセキュリティ側でそれが即座に対応するわけではない。命令が出てからアクセス権限が剝奪されるまで二十四時間のタイムラグが存在する。

そこで先手を打たれたのだ。

「君〝も〟です室長代理」

特に感慨もなさそうに言い放った。

何故《なぜ》か綜は銃を持つ右手に白い手袋をはめている。

「一課と三課にも協力者はいるので。まあ買収した協力者であって仲間ではないので使い捨てなのですが」

内部警備担当の対策三課に協力者がいれば、所内で銃を持っているのも得心がいった。

「こんな事をしても無駄だ、すぐに警備が来る。逃げられないぞ」

「その辺も大丈夫です」

突如、アラートが鳴り響いた。

第三種アラートだった。

施設内で重大な事故が発生した際に発令されるものである。訓練でも滅多に出ないアラートだ、今頃研究所内は蜂の巣をつついたような騒ぎになっている事だろう。

誤報であっても、職員は全てシェルターへ避難する手はずになっている。

「三課の協力者とやらの仕業……確かに所内は混乱するかもしれない、けどこんなもの時間の問題。このまま無事帰れると思わない事だね」

「大丈夫ですよ、別に戻る気はありませんから」

「まるで此処《ここ》にいる事が目的のような口ぶりだな。それだと君の作戦は破綻しているように思えるが」

あるいは、生還を最初から勘定に入れていない片道切符の決死作戦の可能性もある。

そう蘭子は訝《いぶか》しむが、それよりも心配なのは燐音であった。

「燐音、生きてるか？」

「だ、いじょ……ぶ……。でも、薬で……身体《からだ》が、動かせない」

「因子抑制剤も混ぜられたのか……？」

《竜《ドラゴン》》の因子は、幻想因子の中でも最高の耐毒性能を持っている。

ただし死なないのと効かないのとでは話は別だ。あらゆる毒で死ぬ事はなく、どんな毒を食《く》らっても耐性はつくものの、効果の強い初見の毒物は一定の効果がある。

燐音が打たれたのは到底人間に打つような代物ではないようだ。だがそれも蘭子の見立では数分もあれば耐性がついて自由に動けるようになるだろう。

そしてそれは綜も理解しているはずだ。時間稼ぎに付き合ってくれるかは甚だ疑問ではあるが、相手の目的が不明瞭な以上これに賭けるしかない。

「……太宰少年は？」

「蘭子の命令で、自宅待機って……」

蘭子自身はそんな命令を出していない。

そこで蘭子は理解した。今の状況全てが、綜が描いた青写真なのだ。

「こんな事をして、君は何が目的なんだ？」

蘭子の疑問に、綜はこう答えた。

「それは勿論《もちろん》、世界を救済する為ですよ」

堂々と、偽りなく。

「は？」

言っている事がわからず蘭子は思考がフリーズした。

「……救済？」

「はい、救済です。当代《竜》《ドラゴン》因子が暴走した際の災厄等級は試算で一級。その竜臓の破壊規模は世界が滅亡するに不足ない。端的に言うのであれば——伊良子燐音という爆弾を使って世界をふっ飛ばそうという話ですね」

「それと世界を救済という言葉が結びつかないのだが……君が言っている事はまるで逆だ。救うどころか滅ぼそうとしているようにしか聞こえないが？」

「いえ、逆ではありません。救う為《ため》に滅ぼすのですから」

破綻している。

幻想因子を秘匿する事と、世界を滅ぼさないように幻想少女を管理する事というのは《特災研》と《オーダー》の両組織の大前提だ。

そして蘭子はそれを崩すような真似《まね》をしないというのを敵対組織ながら信用していた。燐音の竜臓を利用して世界を滅ぼすなどというのはありえない事だ。

蘭子は、自分が何か大きな勘違いをしているのではないかと思い至り、それ故の疑問を提示する。

「君は、《オーダー》のスパイではないのか……？」

「当然」

綜が首肯し、蘭子は瞠目《どうもく》した。

彼女が考えていた可能性の中で一番低く、尚且《なおか》つ一番最悪の状況であった。

「あのような組織にこの大義は成し得ません。世界を救うのはいつだって英雄の仕事……つまりは私の仕事です」

「あの時言っていた『世界を救う仕事』とは、そういう事だったんですか……」

燐音がぽつりと呟《つぶや》き、綜の瞳だけが爛々《らんらん》と輝いている。

「《オーダー》に在籍してはいますし、《オーダー》の力は存分に活用しましたが、別に《オーダー》は一枚岩ではありませんよ、個々人の思想まで統一できてるわけではない」

「つまり……《オーダー》の指示ではなく君個人の犯行という事……？」

「ええ。私と、救済の叡智《えいち》の導きによるものです」

支離滅裂、意味不明、理解不能。

唯一わかる真実は、目の前の男が狂気に染まっているという事であった。

「人々はその傲慢さ故に争いを繰り返し、他者を妬み、怒りの連鎖を生む……だがそれをわかっても尚人々は怠惰故に何も行動しようとしない。注げど満ちる事のない欲、喰《く》らえど満たす事のない飢え、只管《ひたすら》に己の常識と姦淫《かんいん》を貪る愚かな人類。だからこそ、繁栄に不要な幻想少女などという自殺因子《アポトーシス》が発生してしまう。幻想少女こそ人類が背負う原罪！あれば！　その罪から解き放つのが私の使命なのですよ！」

「破滅主義者なら一人で死んでくれないか、迷惑だ」

「そのように矮小化《わいしょうか》する事こそ蒙昧《もうまい》の証明。真実には至っていないのは嘆かわしい。私が根源神秘幻想定理の解に至れたのは偶然でしかありませんから仕方がないのでしょう」

綜は両手を広げ、空を仰ぐ。天井に阻《はば》まれて見えない空を見上げるように。

「アストラル受容体から発生する人類の自己免疫疾患、アルミホイルで包んだ細胞膜は壊《え》死《し》を防ぐ事叶《かな》わぬというが、いつだって我々の前に可能性は希望として残っている！　中身が溶けた蛹《さなぎ》が羽化するように！　卵を割るまでひよこが確定しないように！　真実を知る私が救済するしかない！　幻想を打ち倒すのはいつだって人間の役目なのですから！」

男の狂気に二人の少女は呑《の》まれていた。それでも蘭子は言葉を紡《つむ》ぐ。

「無謀……いやそもそも不可能だ。人為的に彼女を暴走させられる状態ではない」

「《聖印《リング》》による結魂状態にある幻想少女は暴走する事はないから、ですか？」

「太宰少年の《聖印《リング》》についても知っているか……」

現状、龍之介に《聖印《リング》》が宿っている事やそこから得た全ての情報は、蘭子が主導して機密保持Ｃクラス以下の下級職員には伏せられていた。それは綜も例外ではない。

「涼君経由で《オーダー》から太宰少年が《聖印《リング》》を所持しているという情報を仕入れたのだろうが――」

「いえ、彼女は《聖印《リング》》については何も報告していませんよ。私が知ったのは偶然です」

「何だと……？」

「そして私も報告していませんから、《オーダー》は未《いま》だに《特災研》が《魂印者《リンカー》》を手に入れている事を知らない状態ですので、ご安心を」

「……何にせよ無駄だ。《聖印《リング》》と結魂している幻想少女内の悪魔は完全に抑えられ、暴走進度は第一段階にすらならない。彼女の竜臓は世界を滅ぼす爆弾にはなりえない」

「そうですね。結魂している状態ではどうやっても暴走状態にはもっていけない。ではどうするか？　簡単な解だ、結魂状態を解除すればいい」

「それで……燐音と太宰少年を引き剝がして太宰少年を殺す、と……」

「龍之介を、殺す……？」

動けぬ燐音から殺気が立ち上った。

「大丈夫だ。燐音、太宰少年が死んでいたら結魂状態が解除され、即座に暴走状態へと移行しているだろう。つまり君が結魂状態の内はまだ太宰少年は生きているという事だ」

少なくとも死んではいない。死んでないなら、なんとでもなる。

だからまずは目の前の危機をなんとかしなければならない。

「もう死んでいてもおかしくないんですけど……何かあったんでしょうかねえ」

特に感情の籠もっていない口調で、綜がそう言った。

「しかし……更科君、君にしては穴が多い。盤石な作戦というわけでもなさそうだな、あまりにも不確定要素が多すぎると思うが？　正直その可能性は一番低いと思っていたが」

「彼を殺すのはサブプランというか、詰みの状態を作る為ですね。まあ万が一もありえませんけど、再度結魂状態になられたらご破産なので」

「サブプラン……？　彼を殺さず結魂状態を解除する方法なんて存在しない、君が――」

言いかけ、止まった。

ありえない。不可能。非現実的。否定する言葉と同時に、だが存在する。全ての問題とこの無謀な作戦を解決する奇跡が。その存在を脳が解答を導き出してしまう。最悪の可能性すら甘い想定、考慮から外した度外視の奇跡を。

――《聖印》でも持っていない限りは。

「至りましたか。そう、存在するんですよ」

蘭子の背筋が凍る。

綜は右手の手袋を外す。

「これこそがッ！　救世の叡智が齎《もたら》した光！」

右手薬指、その付け根の付近に赤い環《わ》が光を放っていた。

「それ、は……」

「《聖印《リング》》!?」

燐音と蘭子、二人が驚愕《きょうがく》の表情を浮かべる。

しかし龍之介の物と比べると、色や形状、宿る箇所が異なっている。

「正確にはその劣化品です。名前を付けるとすれば……《人工聖印《アーティファクト》》ですかね。ちなみに完成したのごく最近なんで」

「Cクラス職員が機密データを盗み見とは記憶改竄《かいざん》処理モノだな。それにしたって――」

「――それにしたって《人工聖印《アーティファクト》》の完成が早すぎる、《聖印《リング》》を手に入れて半月足らずだぞ。ですか？」

燐音は沈黙で肯定とした。

「人工的な因子や《聖印《リング》》に関する研究は《オーダー》の方が蓄積され、進んでいるんですよ。貴女も御存じの通り、ね」

「……」

「貴女《あなた》があの少年から入手した《聖印《リング》》のデータと、我が救世の叡智さえあれば《聖印《リング》》

の神秘を紐解《ひもと》き、《人工聖印《アーティファクト》》の解を導き出すのは当然の帰結となります」

《聖印《リング》》が該当するBクラス以上の機密データは、そう簡単に覗《のぞ》けるようなものではない。

蘭子が想定から外した、もっと上の立場の者が関わっている可能性も出てきた。

「《聖印《リング》》、その構成要素はアストラル受容体に干渉する空想イデア、祝福されしXが形成するイドニューロンネットワークの特異点、答えはすぐそばにあったのですから」

元々蘭子は綜を優秀な人材だと評価していたが、その評価は誤りだ。

この男は間違いなく天才だ。

その才覚をもっと別の方向へ使えば偉人になれたかもしれない程の。

「確かにこの《人工聖印《アーティファクト》》は劣化品です。哲学者の見たコウモリのクオリアは人類の想像の域を出るものではありませんでしたからね。結魂して因子を強化する能力も、暴走を抑え込む機能も有していない。まあ、そもそも別にそんなものは不要なのですが」

「一つ、思ったのですが……」

伏せていた燐音が視線だけ綜に向け、声を掛けた。

「おや、具合が良くなってきましたか？　どうしましたか？」

「ここで貴方《あなた》を殺せば全て終わりでしょう！」

燐音が飛び起きた。

毒から回復したのだ。まだ完全には回復していないのか、普段のキレがないもののそれでも鋭い蹴りを綜の顔面へと見舞う。

「〝動くな〟」

しかし蹴りは綜に届かなかった。

綜の《人工聖印《アーティファクト》》が輝きを放ち、燐音が力なく崩れ落ちる。

「っ、《罪印《サイン》》が……!?」

左手薬指に《聖印《リング》》を宿す燐音の胸元に、《罪印《サイン》》が現れていた。

「幻想少女って奴《やつ》はガキの頭で不相応の力を持ってやがるからどいつもこいつも人格が歪《ゆが》んでやがんな。暴力は駄目だろ暴力は……平和主義」

まるで潰した虫でも見るような視線を綜は燐音に向ける。

「解毒《げどく》まで時間を稼ごうと思っていたのでしょうが、それはこちらも望むところでした。なにせ起動するまでに何かと条件や手順が必要になりますからね」

拮抗《きっこう》するように《罪印《サイン》》と《聖印《リング》》が明滅している。

「この《人工聖印《アーティファクト》》はオリジナルの《聖印《リング》》に比べるといくつも機能をオミットしていま

す。あるのはせいぜい今のような因子の〝弱体化〟。それと〝暴走の促進〟」

そして――

「――〝結合魂魄《こんぱく》術式〟の解除です」

燐音と蘭子の顔が青ざめた。

綜の言葉が偽りではなく、可能な真実であると直感的に理解できたからだ。

「結合魂魄術式の解除と暴走の促進、その対価として所有者の肉体と魂を消費するという欠点はどうやっても解消できませんでしたが……」

「君は自分の命を引き換えにするつもりなのか」

蘭子の言葉に、綜は頷《うなず》く。

「ええ。ですが世界が滅べばそれは欠点にならない。どうせ死ぬなら同じ事。古来、悪魔を呼び起こす儀式に生贄《いけにえ》が必要なのは道理、救済のための礎《いしずえ》となるのでしたら本望です。まぁ……最期《さいご》まで見届けられないのは心残りではありますね……さて」

その前に一つ、と綜が続ける。

「お別れの前に一つ面白い話をしましょう、第三因子。これは単なる仮説なのですが」

綜の軽薄な笑顔が酷薄に浮かぶ。

「第三因子が太宰君に抱いている好意って偽物《にせもの》なんじゃないかって思うんですね」

燐音が目を見開いた。

「え……？」

「《聖印《リング》》による結魂は魂同士の結びつきを強固にするもの。感情も魂の結びつきに大きく関わる要素です。恋愛感情も然《しか》り、いや愛こそが最も強く魂を結ぶ感情です。であれば、《聖印《リング》》が幻想少女の認識を弄《いじ》り、無理矢理《魂印者《リンカー》》に好意を向けるようにしていても不思議ではない」

綜は続ける。

「そもそもですよ？　ただの貧乏学生を短期間で好きになる方が不自然とは思いませんか？　あまりにも都合が良すぎる。故に第三因子、君の恋心は《聖印《リング》》によって引き起こされた勘違いで偽物と結論づけましょう」

燐音は何も言わず、ただ俯《うつむ》いて黙している。

「どうですか？　真実はわかりません。でもこう言われただけで疑問が湧きませんか？　疑念を抱きませんか？　唯一の自分の持ち物であるはずの恋心すら、錯覚だったと」

それは単なる嫌がらせにしか過ぎない。しかし専門家が説く言葉として、幻想少女に向けるには、あまりにも残酷すぎるものであった。

「ふっ」

だがしかし、燐音は笑った。

「あっはっはっはっは！」

心底愉快そうに、小馬鹿にするように。

「……何笑っているのですか？」

「面白い話をすると言ったのは貴方なのに、笑う事に疑問を抱くのか」

燐音は顔を上げ、己の熱で額に汗を浮かべたまま、不敵に笑う。

「何を言うかと思えば、私の恋が偽物？　面白い事を言う。仮に、万が一私が龍之介に抱いているこの気持ちが偽物だとして、私には何一つ、関係がない」

きっぱりと言い放つ。

「他者を労《いたわ》り、他者の痛みを知り、己の無力さを知りながらもそれでも他者を守ろうと己が傷つく事も厭《いと》わない。彼が持つあらゆる条件が私の番《つがい》になるのに相応《ふさわ》しい。あのような男は他にいない。さりとて、この気持ちが偽物なのだというのはありえない――」

息を吸い込む。

炎を吐く前の竜が如《ごと》く。

「――この恋心は、間違いなく本物なのだから！」

燐音のその言葉を聞いて、蘭子の目から自然と涙が溢《あふ》れていた。

幻想少女という悲惨な運命に翻弄され、青春を奪われ、辛《つら》く儚《はかな》い人生を歩んできた彼女が、この短い期間でこれ程までに強く成長していたのだ。

いや、もしかしたら彼女は蘭子が思っていたよりもずっとずっと、最初から強かったのかもしれない。

綜から軽薄な笑顔が消えた。

「でもですね……彼は死にますよ」

「嘘《うそ》だ。龍之介は死んでない。あの人は死なない」

「まだ死んでいないだけです。ただの高校生が訓練された人間に敵《かな》う道理は――」

「いいえ、彼は死なない」

遮るように断言する。

「チッ」

つまらなそうに綜が舌打ちをした。

「世界の異物が、不要の病巣《びょうそう》が、お前達悪魔に希望などないというのに。だってそうだろう？　世界から必要とされていないモノに、死すら望まれるであろう破壊者に、希望などあってたまるものかよ、釣り合いが取れてない。お前達幻想少女は絶望の淵《ふち》で死ぬ事こそ相応しい。悪魔の容《い》れ物を許容する世界はない、人類の為《ため》に早めに死んでくれ」

「貴方の言っている事は、龍之介が死なない事と何も関係はない」

「どう希望に縋《すが》ろうが、末路は変わらねえよ」

「可哀想《かわいそう》な男だ」

燐音の声は、酷《ひど》く悲しげだった。

その目に浮かんでいるのは同情。憐《あわ》れなモノを見るような視線を綜に送る。

「あ？」

「きっと、貴方は人を好きになった事がないんだ」

「……」

「だから世界を滅ぼすなんて馬鹿な事本気でやろうとする。それに、《聖印《リング》》所持者に惹《ひ》かれるのは間違いというのは貴方が証明している。紛《まが》い物とはいえ《聖印《リング》》を持っている貴方の事、私嫌いですから」

綜の表情から完全に感情が消えた。

「もういいや」

つまらなそうに言い、右手を突き出す。

「死ねよ。どうせ私の勝ちだ」

綜の《人工聖印《アーティファクト》》を起点に、電子回路のように光が広がる。

「あはぁッ……救済の光だぁ……どうしてこれ程の光がありながら……彼は悪魔を助けるような真似《まね》をしたんだろうか……」

虚《うつ》ろな表情で、綜は明滅する光を見つめている。

共鳴するかのように燐音の《罪印《サイン》》の光が強まり、《聖印《リング》》の光が弱まった。

「何故《なぜ》幻想少女などという存在がこの世界に発生したのか、知っていますか？」

綜の言葉は燐音か蘭子に向けたものか。あるいは両方か、それともどちらにも向けていないのか。

蘭子が首を傾《かし》げた。

「さぁね……色々仮説はあるが、まだ解明には至っていない。君はわかっているような口ぶりだが」

「彼女達が存在する意味、それがわからなければ……この解に至る事はできません。だからせめて、貴女《あなた》だけは追い続けなさい。彼女達が存在する意味を」

ほんの一瞬。

ほんの一瞬だけ、綜の瞳から狂気の光が消え、本音を語ったように蘭子は思えた。

だがそれも僅かな時間だ。

綜が両腕を広げ、叫んだ。

「目覚め、そして死ね！　悪魔よ！」

回路のように広がる光は、龍之介と燐音が結合魂魄術式をした時のものに似ているが、腕だけでなく全身に広がっていく。

「人類の叡智《えいち》が祝福されしXに打ち勝つ瞬間を！　我こそは異体なるデオキシリボ核酸に潜む悪魔を滅ぼす救済の代行者！　救いなき行き止まりの愚かな人類にせめて安らぎを！　受動的増殖制御機構に終止符を！　あ、……！」

莫大《ばくだい》な光量が迸《ほとばし》る。

「我が世の春に祝福あれえええええええええええええええええええ！」

そして全身が赤い光の粒となって弾《はじ》けた。

あまりにもあっさりと。

内通者、更科綜は死んだ。

「更科……君……」

裏切り者だったとはいえ、同じ職場で働いていた相手なのだ。狂気に呑《の》まれ目の前で散って何も思わないはずもない。

「あるいは、彼の言葉が狂気でないとしたら……いや、よそう。ただの妄言だ」

内通者は死亡。

だがこれで終わりではない。

始まりなのだ。

「龍之介……」

パリン、と。

まるで硝子《ガラス》細工が割れるような音と共に燐音の《聖印《リング》》が砕け、光の粒となって消えていく。

自らの肉体を捧《ささ》げた《人工聖印《アーティファクト》》の効果で、龍之介と燐音の結合魂魄術式が強制的に解除されたのだ。

「あ、ぐぁ……あっあああああああ！」

燐音が苦悶《くもん》に呻《うめ》く。

《人工聖印《アーティファクト》》による因子の異常促進で、因子礼装《ヴァルキュリアドレス》と兵装が音声認識も経ずに自動的に起動し、燐音を包み込む。

彼女の意思とは無関係に、角が、尾が、翼が、瞳が、《竜《ドラゴン》》の特徴を発現する。そしてそれらは暴走の影響でより鋭く、より長く、より大きく、より色濃くなっている。

ドクン、と空間が揺れた。

それは竜臓の鼓動、あるいは悪魔の胎動である。

「蘭……子……」

胸に宿るマグマのような《罪印《サイン》》が亀裂のように広がり、禍々《まがまが》しくも赫赫《かくかく》と、鼓動に合わせて明滅を繰り返している。

燐音は必死に己を押さえつけるように、胸を押さえつけている。

彼女の竜臓から発せられる熱気で、研究室内のスプリンクラーが作動した。

「きっと……私の憤怒《あくま》が曝《あば》かれる。だから、龍之介を頼みます……何があっても、私を信じてと、伝えてください」

スプリンクラーの水すら、彼女に触れた先から蒸発していく。

「行ってください、もう……抑えていられない……！」

「……わかった。必ず、必ず伝える」

傷口を押さえながら、蘭子は燐音に背を向け廊下へ出た。

「げほっ……全く、キツいな。だけどまだ死ぬわけにはいかない」

蘭子は咳《せ》き込む。大量に血を失った事でその顔色は蒼白《そうはく》だ。

状況は最悪としか言いようがない。

世界が滅びるか否《いな》か、これ以上に最悪な事はない。

今大まかな事態を把握しているのは自分だけ、頼みの綱の太宰龍之介には刺客が差し向けられており、そうでなくても暴走進度第二段階は最優先処理案件なのだ。

だがそれでも、蘭子は口の端を吊《つ》り上げて笑みの形を作る。

「更科君、勝った気でいるようだが、まだ何も終わっていないぞ」

一番低く、一番悪い可能性。

万が一だからこそ、既に布石は打っておいた。

「断言しよう、地獄で指をくわえて見ていろ更科君。この盤面を全部ひっくり返す。太宰少年に恋しているのは彼女一人だけではない」

恋は世界を救うのだ。

地下研究所内でも外部との通信を可能に細工したスマートフォンを懐《ふところ》から取り出す。

唯一《ただひと》つ、気掛かりがあった。

この蛮行が狂気によるものではなく、最初から最後まで正気で行われていたのだとしたら、という疑念。

一般人が聞けば意味不明で支離滅裂な言葉の中に出た単語、それらは幻想因子研究における専門用語だ。

「……今は更科君の事は後回しだ、燐音、太宰少年、死ぬなよ……」

その瞬間、地下研究所全体が震えるような竜の咆哮《ほうこう》が、聞こえた。

◆

九重因子地下研究所、第五研究室。

竜の熱が渦巻き、炎燃え上がるその場所で竜が鳴く。

産声《うぶごえ》を上げるように、悲鳴を上げるように、叫びを上げるように。

「ハッ」

少女の理性は塗りつぶされ、悪魔が獣性を剝《む》き出しにする。

そこにいるのは人のカタチをしていながら、紛うことなき幻想生物《竜《ドラゴン》》であった。

「アハハハハハハハハハハハハハハハハハハハハ！」

竜の哄笑《こうしょう》が空気を震わせる。

「これで、これで私は世界を燼滅《じんめつ》する他なくなった。大勢死ぬ、やはり私は死んだほうがよかったのだ。だがそれは赦《ゆる》されない、私は悪くないのだから。だからわたしが全部壊そう。私を殺すこの悪い世界を、私の代わりに」

彼女の因子から力を得ている兵装も暴走し、右腕の籠手《ガントレット》は変質を繰り返し、顎《あぎと》と化していた。

竜が顎を上に向け、顎に赤黒い光が灯《とも》る。

直後、莫大な熱と閃光《せんこう》が貫いた。

その光量と熱量は半月前の公園で見せたそれの比ではない。光の波濤《はとう》は地下深くに作られた研究所の天井をぶち抜いて、地上まで一直線の大穴を開けた。

地獄のような熱気を放つ研究室の直上にできた穴は、淵が赤熱し、気流が立ち上る。

小さな穴から空が見える。

「──あれが、空」

竜は小さな空をじっと見つめ、動かない。

それは暴走進度第二段階へ移行した肉体の最適化に時間を要する為か、あるいは初めて見る空へ思いを馳《は》せている為《ため》か。

どれ程時間が経《た》っただろうか、ヒトのカタチをした竜が翼を広げた。

気流に乗るように竜が飛ぶ。

穴から覗《のぞ》く小さな空は、どんどんと大きくなっていく。

地下から飛び出して、大空に竜が飛翔《ひしょう》した。

赤く、そして黒い空だった。

夕焼けよりも赤い朱《あか》、朝焼けよりも黒い蒼《あお》、幻想少女の暴走が第二段階に至った際、局所的に見られる現象である。

赤黒の空の下、竜が視線を巡らせる。

眼下には研究所の広大な敷地が広がり、山々が聳《そび》えている。

遠くには街が見えた。

今も誰かがあそこで滅びの時など知る由《よし》もなく、生き続けているだろう。

特に感慨もなく竜は右腕に接続されている顎を、街に向ける。

「哀れな私の為に、わたしが祝福の笛を鳴らしてやろう」

放っておいたところでこの身は世界を焦がす炎となる。それでも壊そうと、世界が滅ぶその時までその憤怒《あくま》は燃え続けるだろう。

だがしかし、光は放たれなかった。

「おらぁ！」

上空より突如飛来した金と赤の少女が竜へと襲いかかり、竜はそれを迎撃する為に右腕を空へと振るったからだ。

二つの凶器がぶつかり合い、金属音が空に響く。

落下の勢いを利用した激突で、竜は地面に向かって突き落とされる。

「チッ……蝿《はえ》が」

地に落ちた竜の眼《め》が、少女を見据える。

金の髪の、赤い礼装《ドレス》で着飾った少女が、地面に降り立って不敵に笑う。

「あーあー、随分と見窄《みすぼ》らしい姿になって。あんたには似合わないわよ、それ」

その胸に赤い罪の印はなく、その薬指には聖なる印が宿っている。

空より来た少女、即《すなわ》ち第五の因子、《吸血鬼《ヴァンパイア》》。

そして――

「燐音」

吸血鬼に抱えられていた少年も、地面に靴裏を付ける。

「助けに来たぞ」

少年が、竜の少女の前に立った。

金の髪の吸血鬼が、少年の名を呼ぶ。

「龍之介先輩」

吸血鬼が少年の後ろに立ち、後ろから抱くような体勢を取った。

少年も、吸血鬼の名を呼ぶ。

「いいぞ、マリー」

それは今までと違う呼称、二人の心の距離が縮まった証左。

やにわに吸血鬼が口を大きく開き、少年の首筋に牙を突き立てた。

「っ……」

少年は身を震わせる。

痛みはない。それどころか脳の芯を貫くような得も言われぬ快感が少年の全身を駆け巡っている事だろう。

背後から少年の首筋に牙を突き立てたまま、吸血鬼は挑発的な視線を竜に送っていた。

まるで竜に見せびらかすように、左手薬指に光る環《わ》を誇示している。

竜は動かず、黙ってその官能的とも言えるような光景を眺めている。

吸血鬼もまたこうなる事をわかっているようであった。

たとえ暴走していたとしても、竜はこの『食事』が終わるまで手を出さずにこれを見届けるのだと。

これは吸血鬼による宣戦布告であった。

吸血鬼が少年の首から牙を離す。

少年の血液と吸血鬼の唾液が混じった液体が、首と口の間で糸を引き、アーチを描く。

「これが本当の吸血よ、ドラゴン。羨ましい？」

口元に垂れたその液体を、吸血鬼は舌で舐《な》め取る。

「ケッコンして、血も吸って、今日のマリーは過去一で絶好調なんだから」

吸血鬼が嗤《わら》って、巨大な血の武器を構える。

「さぁ――竜狩りと行きましょう」

竜を相手に、少年と吸血鬼の救世の戦いが始まる。

第五章　特異災厄ラグナロク

――吸血鬼と竜の相対するその少し前に、時は遡る。


少年の命を奪う乾いた銃声が響いた。

銃口から弾丸が発射され、空気と重力の影響を受けながらも太宰龍之介《だざいりゅうのすけ》という男の命を絶つ為に邁進《まいしん》する。

発射された弾丸を止める術《すべ》を龍之介は持たない。

この距離では少年に防ぐ術も避ける術もない。

刹那の後に、少年に着弾するはずの鉛玉は――

「てんで駄目ね」

――しかし永遠に到達する事はなかった。

極限の状況で龍之介の脳内物質が過剰分泌され、感覚が研ぎ澄まされ世界がスローモーションになる。

硝子《ガラス》片と木片が舞う、金の髪が揺れる、美しい少女の横顔、長いまつ毛、麗《うるわ》しい瞳、その全てを知覚していた。

ゆっくりと動いていた時間が元に戻る。

そこにいるはずのない、自分の命を助けた者の名を少年は呟《つぶや》く。

「涼《あばら》……？」

制服姿の涼・ヴラド・真理《まり》がそこにいた。

窓を割って龍之介と弾丸の間に飛び込んだのだ。

「あちち、手の皮剝けちゃったんですけど」

真理は閉じた拳を開く。

掌《てのひら》から鉛玉が落ち、畳の上に転がった。

「銃弾を……素手で摑《つか》んだのか……？」

銃口を向けていた黒井《くろい》が驚愕《きょうがく》と絶望に呟く。

「何驚いてんの？　この程度の事で」

「化け物がよ……！」

「そうだけど?」

黒井が拳銃を連射する。

発射される弾丸の一つ一つを片手だけで真理は弾《はじ》いていく。

幻想少女に銃弾は通用しない。

何発撃ち込んだところで、燐音《りんね》や真理に効果的なダメージを与える事はできないだろう。

重要な器官に命中したとしても、せいぜい再生が完了するまでの短い間、機能低下させる程度である。

「死ね」

真理が踏み込んだ。

一瞬で黒井の懐《ふところ》まで飛び込み、その踏み込みで畳がめくれ上がる。

真理の前蹴りが黒井の胴体に突き刺さった。

「ぶべらっ」

そのまま文字通りぶっ飛ばされ、居間から廊下へ、廊下から玄関をライナーで向かいの家のブロック塀へ激突し、音を立てて塀の一部が崩れる。

黒井はそのまま動かなくなった。

呆然《ぼうぜん》とした様子で、その光景を龍之介は見守っていた。

「……し、死んだのか？」

「さぁ？　加減はしたつもりですけど」

「死ねって言ったよね⁉」

「言いましたっけぇ？」

あっけらかんと真理は言う。

「ごめん、その前に言う事があったな。ありがとう涼」

「マリーが助けたいから助ける。それ以上何もいらない。でしょ？」

それはいつか少女が少年に言われた言葉。

因果は巡り、返ってくるのだ。

「涼……」

「せっかく太宰龍之介先輩の家に上がったのだからゆっくりしたいところですど、とりあえずこの場を離れましょう。騒ぎですぐ人が集まってくるでしょうし、そうしたら面倒な事になります」

「あ、ああ。でも柳田《やなぎだ》さんが……」

「あのスーツの大男の事なら大丈夫ですよ、人間にしちゃ頑丈みたいだし。急所は外れてますから暫《しばら》くほっといても死にゃしませんせん」

「そ、そうなの？」

真理が言うなら大丈夫だろうと思いつつ龍之介はスマートフォンで救急車をコールし、短めに用件を伝えてから、玄関で自分の靴を拾って蘭子《らんこ》の部屋の窓から二人で外に出る。

龍之介の家の裏は雑木林になっており、少し進めば寂れた小さな公園がある。その中心に建てられている木製の東屋《あずまや》に二人は入り、備え付けられている長椅子に腰を下ろした。

「はぁ～～～～～～～～～」

ようやく緊張感から解放された龍之介が、ぐったりと肩を落として息を吐き出す。

日も落ちかけてきた夕刻、東屋の近くに立っている外灯に光が点《つ》いた。

「死ぬかと思った……ほんとに」

「どうあっても死ななかったですよ。だってマリー、ずっと太宰龍之介先輩の事見張ってましたし」

「え⁉　いつから⁉」

「校門で太宰龍之介先輩があいつと別れたあたりから？」

「結構前からだな……助けて貰《もら》っておいてこんな事いうのもなんだが、それならもっと早く助けてくれればよかったのに……マジでおしっこ漏れるかと思ったぞ」

「まあまあ。最初からマリーが姿を出していれば警戒されましたし、あちらの出方を窺《うかが》う必要もありましたので。後はピンチの時に駆け付けたら好感度上がるかなーって思って」

「正直がすぎるだろ！　つーか、俺の事見張ってたってどういう事だ？」

「……かいちょーです」

突然、真理が蘭子の名を出した。

「半月くらい前だったかな、夜にあの人がマリーに接触してきたんですよ。大胆というかマリーの事信用しすぎというか、マリーも甘すぎというか……」

「半月前に会長が、涼と？」

半月前の蘭子の行動を龍之介は振り返る。子守竜計画の初日の夜に、蘭子が出掛けた事があったのを龍之介は覚えていた。

「太宰龍之介先輩の事で話があるって駅前のシャンデに呼び出されたの。罠《わな》の可能性もあったけど、別にそれならそれで皆殺しにすればいいだけの話だし、興味あったから乗ってあげました」

龍之介の知らないところでの蘭子の暗躍に、龍之介は驚きを隠せなかった。

「あの人は一人で来た。ガチですよ、護衛も付けずに。マリーには絶対敵《かな》わないって知ってるのに、一対一。とんでもない馬鹿だと思いましたけど、だから本気でこの人マリーとお喋《しゃべ》りする気なんだと思いました」

「それで、何の話をしたんだ？」

「別に、他愛のない話です。太宰龍之介先輩の話が大半でした」

「……？　俺の？」

「もし君が現在の任務から外れる時が来たら、その時はもしかしたら太宰龍之介先輩自身に危険が迫る時かもしれないって言ってました。根拠は？　って訊《き》いたら『状況を総合的に判断して多角的な視点から見た時の柔軟なリスクヘッジでしかない』だって。それって勘じゃね⁉　って。何考えてんのかわかんない人ですけど、まあ立場上敵対してはいますがマリー個人はあの人の事信用してますから」

真理はローファーのつま先で、地面に円を描いている。

「それで、かいちょーの言う通りマリーは任務から外された。だからマリーは本当に太宰龍之介先輩が殺されるかも、って思って見張ってたってわけです」

「事情はわかったが……なんで俺が殺されるんだ？　お前らのとこにとっても《聖印《リング》》とやらは大事な物っぽいが」

「この騒動に《オーダー》は関わっていません。おそらく《ロキ》の独断ですね」

「《ロキ》？」

「《オーダー》が《特災研》に送り込んだスパイです。更科《さらしな》なんとかって偽名の男」

「えっ、更科さんがスパイ……!?　ていうかスパイの名前言っちゃっていいのか？　大丈夫なのか？　コンプライアンスとか……」

「いいですよもう。マリーも《オーダー》もまんまと《ロキ》に踊らされていたわけですからね。《ロキ》はマリーの上官でもあった男。あいつが何考えてんのかまではわかんないけど、《オーダー》の意図とは別のところで動いてるっていうのはわかります」

龍之介が殺される。

それこそが《特災研》の研究医、緋田《あけだ》蘭子が想定していた最悪の可能性であった。

龍之介と燐音の分断によって龍之介が《オーダー》に攫《さら》われるのは最悪ではない。《特災研》にとっては非常に手痛いものの、生きてさえいればどうとでもなる。

そして、《オーダー》が龍之介を殺す事もない。《オーダー》にとって、龍之介は保護、研究対象であっても殺害対象にはなりえない。

であれば、龍之介が殺される事態は、即《すなわ》ち《オーダー》の思惑から外れた裏切り者による独断の行動であり、その場合は真理の存在も邪魔となる。蘭子はその最悪の可能性を想定し、事前に真理に伝えていたのだ。

突然作戦から外された時は、龍之介が殺されるかもしれないぞ、と。

「マリーも言われた時は半信半疑でしたけどね。先輩を狙ったあの男も《オーダー》の構成員ではありません、大方《ロキ》に懐柔されて《特災研》を裏切ったんでしょう」

そこで、龍之介のスマートフォンに着信があった。

「会長だ！」

「どうぞ」

真理が促し、慌てて龍之介は着信を取る。

「もしもし会長⁉　今どこですか⁉」

『太宰少年、よかった……生きてたか。こっちは今研究所だ』

声に乗るノイズが大きい。

その上通話の向こう側で、大音量のアラートが鳴り響いている。尋常ではない、明らかな異常事態だというのがすぐに伝わってくる。更に蘭子の声からは覇気もなく、普段のような不遜さも鳴りを潜めていた。

研究所内からは外界に連絡する手段はないはずだが、緊急時に蘭子独自の連絡手段を構築していたのだろう。

「会長……大丈夫ですか？」

『ああ、私は問題ないよ。太宰少年は平気かい？』

「黒井さんに殺されかけましたけど、涼に助けてもらいました」

『なるほど、流石《さすが》は涼君だ。そして黒井が一課の協力者だったか……生きているなら僥倖《ぎょう》
倖《こう》だ……ああ、詰みだけは回避されたみたいだ、運はこちらに向いている』

「詰み……？」

『まずい事になっている』

緊迫した蘭子の声が受話器から聞こえてきた。

「どうしたんですか？」

『端的に説明しよう、更科君が裏切り、燐音の結魂状態が解除された』

「解除⁉ な、なんで……」

『人工的に《聖印《リング》》を作り出す事に成功していたんだ、更科君本人は既に死亡しているが、燐音が第二段階まで暴走進度が進んでしまっている。今の燐音は生きた爆弾だ。このままだと、世界が滅びる』

「燐音が……⁉」

『状況は——ゲホッ』

「大丈夫ですか？」

『……ああ、大丈夫だ。状況は最悪と言える。時間ももうほとんど残されていない、そして可能性も低いし君自身にも命の危険が——』

「救います」

蘭子の言葉を遮るように、龍之介は言い切った。

それはどちらだったのだろうか。世界を指してか、あるいは少女を指してか。

もしくは、その両方か。

何一つ、迷いなどないように。

『……男の子だね』

「はい」

『君の顔が見れないのが残念だ、ビデオ通話にすればよかった。第二段階の話は以前したね——それでも決して諦めないで、燐音を信じて』

「わかりました。それで、どこなんですか？」

『まだ研究所の地下にいる、でももう——』

そこで通話が途切れる。

同時、爆発音が西の方角から聞こえてきた。

音の方へ視線を向けると、光の柱が天に伸び、雲を吹き飛ばしているのが見えた。

天を衝《つ》く赤黒い光。

光が伸びた空が、水にインクを垂らしたようにじわりと赤黒く染まっていく。

現実味のない光景。荘厳《そうごん》にして美麗、幻想的にして破滅的な光景に一瞬心を奪われた。

「赤と黒の黄昏《たそがれ》の空……暴走進度第二段階の《黄昏終焉現象《ラグナロク》》……」

真理が呆然《ぼうぜん》とした表情で空を見上げ、呟《つぶや》いた。

「あれが現れたという事は、あの子に残された時間はほとんど……」

暴走進度が第二段階という事は、理性の喪失を意味している。

大言壮語を吐いたものの、龍之介自身にできる事は少ない。しかし現実問題として何とかするしかないのだ、でも彼一人では暴走する燐音をどうする事もできない。

そのジレンマを解決する手段が、目の前にいる。

「涼」

「はいはい。聞いてましたよ。マリーは耳も良《い》いですからね。状況はわかってます。マリーにあの子を助けて、ついでに世界を救う手伝いをしろってんでしょ」

「……ああ」

「マリーの立場としても、一級の災厄を防ぐのは絶対的な急務。協力するのは吝《やぶさ》かではないです。それが太宰龍之介先輩の頼みなら断る理由なんてありません」

「じゃあ――」

真理が人差し指を龍之介の唇に当てて黙らせた。

「でもそれは《オーダー》に所属している騎官《リッター》としての立場の話。マリー個人の感情の話じゃない。マリーは、無駄な事はしたくない。それに太宰龍之介先輩をわざわざ死地に向かわせる気もない。太宰龍之介先輩に死んでほしくないから」

真理が地面に膝をついて座り、龍之介に目線を合わせ、包むように彼の両手を握る。

「だから。ねえ、先輩」

美しい瞳に、龍之介は見つめられる。

「一緒に逃げよ？」

目の前の吸血鬼は、少年にそんな事を提案した。

「世界を救うなんて馬鹿みたいな事やめてさ、全部投げ出してさ、二人で最後の時間を過ごそうよ。マリーは……私は貴方《あなた》となら死んでも構わない。ううん、貴方と死にたい」

「涼……」

「どうせ駄目だよ、無理だよ。助けられっこないよ。第二段階まで進行してしまえば、後に待ってるのは破滅だけ。幻想少女は理性を失った獣になるのだから、互いの意思で行う結合魂魄《こんぱく》術式も行えない。詰みじゃないってあの人は言ってたけど、ほとんど詰んでるようなものなんだよ。助けに行くんじゃない、ただ死にに行くようなものなの」

その言葉には、いつものような自信は見て取れない。

そこにいるのは《吸血鬼《ヴァンパイア》》の幻想少女などではなく、間違いなく高校一年生で、後輩で、普通の少女の姿だった。

「空、見て」

龍之介は空を見やる。

赤黒い空は、世界の終焉《しゅうえん》を声高に告げている。

「これが世界の終わりの景色。この景色をもたらすのが幻想少女、存在していてはいけない、死んだほうがいい化け物。でも、それでも先輩にだけは人間としてお願いしたいの」

終焉の空の下、少女が懇願する。

「一緒に遠くまで逃げよう。今からじゃ多分間に合わないかもしれないけど、どうせ死ぬかもしれないけど、そっちの方がいいよ。そういう選択肢だってあるよ。きっと、多分、駄目な選択肢なのかもしれない、世界が終わりそうなのにそんな選択をしたら後ろ指さされるんだろうなって思うよ。駄目なんだろうなって。でもいいじゃん、こんな世界滅びたって、碌《ろく》なもんじゃないんだしさ。どうせマリーはいつか死刑になるか、暴走して死ぬしかない。だからお願い、先輩」

少女が誘惑する。

「二人で駄目になっちゃお？」

真理と世界が終わるまでの短い時を、共に過ごす。

全てを投げ出して、全てを見捨てて。燐音も世界も知らないと目を閉じて耳を塞いで。

真理の言う通り、助けられる可能性などゼロに等しいのかもしれない。どうせ助けられる可能性がないのであれば、逃げたって誰も文句は言わないだろう。

無駄に抗《あらが》うのではなく、滅びを受け入れる。

そういう選択肢を、龍之介は提示されている。

その選択肢を龍之介は——


「すまん涼」


選択肢など、最初から龍之介にはなかった。

こう答えるのは、真理にはわかっていたはずなのに。

「それは駄目だ、別に俺が死ぬのはどうでもいいんだ。いや死にたくないけど……だけど、あいつを見捨てて逃げるってのはありえない。俺には可能とか不可能とかはわからん、確かに涼の言う通り難しいのかもしれない。だからって燐音を見捨てるのは無理だ。それは涼、お前が一番よく知ってんじゃねえのか?」

「……」

龍之介は立ち上がり、真理の瞳を見つめ返す。

「俺を死なせたくないなら、逃げるんじゃなくて一緒に生きるように頑張ろうぜ。お前は自分の命の価値を安く見積もってるけど、俺はそうは思わない。それでもって、俺はお前にも生きていて欲しい。だから、俺の為《ため》を思うなら、俺の為に生きて、戦って、それでも駄目なら一緒に死んでくれ。マ、マリー」

その呼び方が彼にとっての誠心誠意。

頼む事しかできない龍之介の精一杯だ。

「……ふふっ」

諦観、悲哀、羨望《せんぼう》、歓喜、尊敬、悲観、思慕、そして少しばかりの嫉妬。

真理の笑い声には様々な感情が内包されていた。

だから好きになったのかもね、のみ込んだその言葉は、龍之介の耳に伝わる事はない。

「なーんちゃって！　マリーのお願いに頷《うなず》いてたらぶっとばしてたところですよ！」

龍之介の手を握ったまま真理も立ち上がる。

希望の光はその手の中にある。であれば、彼女がする事はそれを絶やさぬ事である。

「あの馬鹿を助けて、ついでに世界も救いましょう」

「……ありがとう、マリー」

こくり、と真理は頷いた。

「ねえ、龍之介先輩」

真理は手を離し、一歩後ろへ下がる。

その耳と頰が赤く染まっている。

「お、お願いが、あるんです、けどっ」

「なんだよ」

真理は言いにくそうに、恥ずかしそうに、もじもじしている。

「マ、マリーとも、ケッコンしてくださいよ……」

上目遣いで、唇を尖《とが》らせてどこか拗《す》ねた口調でぼそり、と彼女は呟いた。

「や、別になんか特別な意味とかはないんですけどいやほんとに深い意味とかないんですけど別にやらなくてもいいと思うんですけど一応念の為に普通に戦術的に考えてマリーと先輩がケッコンする事で因子の力を少しでもあの馬鹿を助ける確率が上がるならやるべきというかいや別にマリーはやらなくてもいいかなって思うんですけどねやらないよりやったほうが得だよねって思ってごめんなさいやっぱ忘れてくださいケッコンしなくてもなんとかなります多分でもやっぱ」

「しよう、結魂」

早口で捲《まく》し立てる真理に、龍之介があっさり承諾する。

「えー……そんな簡単に言うの、や」

不満げな視線を向けながら、真理が龍之介に文句を垂れる。

「なんでだよ……マリーが強くなるんだからするだろ結魂。前々からしたほうがいいんじゃないかと思ってたんだけどやっぱするべきだったよな。止められてたけど緊急事態だし大丈夫だろ」

「もー！　人の気も知らないでー！　あんぽんたん！」

「え、しないの？」

「しますがぁ⁉」

真理がそっぽを向いて、自身の制服のボタンを外していく。

《罪印《サイン》》に直接触れる必要があるのだから、当然の過程とはいえ龍之介はどこ見りゃいいんだと視線をあっちこっちにふらふらとさせる。

ぐい、と真理が胸元を顕《あらわ》にし、開いた隙間から彼女のつけている下着が見えている。悲しいかな、こんな時でも龍之介は男なので結局釘付《くぎづ》けになっていた。

「な、なあ……疑問なんだけど暴走進度が進んでなくても結魂ってできるのか？」

「え、あ……知らない……とりあえず試してみましょっか……」

「なんだか締まらねえなあ俺達」

声を出して二人、笑い合った。先程の悲壮感などなかったかのように。

真理の《罪印《サイン》》が浮かび上がる。共鳴するかのように、龍之介の《聖印《リング》》も光りだす。

龍之介の左手薬指に熱が灯《とも》る。

《聖印《リング》》の環《わ》が線となって左腕に広がっていく。

「先輩」

毅然《きぜん》と、しかし甘えるように少女は言う。

「触って」

頷き、真理の胸元に龍之介は手を近づけていく。

触れた。

「病める時、健やかなる時、喜びの時、悲しみの時、富める時、貧しい時――」

マリーが誓約の言葉を述べる。

高らかに、清らかに、唱えるように。

「世界が終わるその時まで、私の後ろに立ち、支え、歩き――」

二人の魂を結ぶ、儀式の言葉を。

「――私の物になる事を此処《ここ》に、誓って」

「誓うよ」

言葉と共に《罪印《サイン》》の輝きが薄れ、《聖印《リング》》の光が粒子となって周囲に広がっていく。

広がった光が吸い込まれるように、真理の《罪印《サイン》》に集束していく。

「んっ」

真理が身を捩《よじ》った。

そうして彼女の《罪印《サイン》》は消え、左手薬指に《聖印《リング》》が灯り、頭上に光の宝冠《ティアラ》が浮かび上がり、霧散する。

ここに結合魂魄術式は完了した。

真理は自分の薬指に宿った印を指でなぞり、掲げ、どこかうっとりとした目で眺める。

「……しちゃいましたね、ケッコン」

えへへ、と少女ははにかんだ。

「ん？　ああ」

「リアクションうっすー」

「え、だって俺二回目だし……」

「はぁ……全く」

やれやれと真理は額に手を当てる。

そのまま龍之介へと腕を伸ばした。

「それじゃあサクっと飛んで行きましょっか、あの馬鹿が待ってます」

「おう」

龍之介が、その手を取った。

「あ、ねえねえ。あの子の前でやりたい事があるんですけど」

「いいけど……何を？」

真理は悪戯《いたずら》な、それでいて美しい笑みを浮かべ、言った。

「吸血鬼とスる事なんて、決まってるじゃないですかぁ」

◆

——そうして時は現在へと戻る。

吸血行為を終えた吸血鬼が、竜と相対する。

両の足を研究所の駐車場のアスファルトに付け、周囲を木々に囲まれ、龍之介を背後に置き、竜を前にし、赤黒い終焉《しゅうえん》の空の下で吸血鬼が相対する。

殺す為でなく、倒す為でなく、奪う為でなく、救う為に。

「マリー」

龍之介が真理の背中に語りかける。

「何ですか？」

「任せた」

「おっけーです、マリーを信じて。龍之介先輩はそこを一歩も動かないで」

龍之介が頷く気配を背中で感じ、いつか誰かに言われた言葉を思い出す。

──だが、今の私には……龍之介がいる。

その言葉の意味が今になって実感できる。結合魂魄《こんぱく》術式の力だけではない。彼が後ろにいるだけで、これ程までに心強く、負ける気がしなくなるとは思わなかった。

「今更のこのこ出てきてどうするつもりだ？　吸血鬼。最早《もはや》滅びは必定だぞ？」

竜が吸血鬼に言葉を投げた。

「森羅万象、遍《あまね》く全てがマリーの所有物なんだから、勝手に壊されたら困るのよ。そんでもって、あんたもその一つなのよ、バカドラゴン……つっても、あ、あの子には届いてないだろうけど」

目の前の少女は、身体《からだ》こそ伊良子《いらこ》燐音だが中身は別物だ。暴走して反転し、内なる悪魔が表層に出てきているだけで、本当に意思疎通ができるのかどうかも怪しい。

だがそれでも、真理は『伊良子燐音』に向かって言い放つ。

「あんたを救ってあげるわ」

真理は龍之介の無茶に死ぬまで付き合うつもりだった。世界と心中、悪くない。自分も最初はそのつもりだったのだから。

「不敬であろう、吸血鬼風情《ふぜい》が」

竜が動く。

「わたしを救う？　何を言っている」

地に付く程に巨大化した右の籠手《ガントレット》を引きずるように、一陣の風、あるいは弾丸となって一直線に突っ込んでくる。

狙いは――

「先輩⁉」

言いながら真理は斧槍《ふそう》を振るう。

籠手と斧《おの》の激突音が周囲に響く。竜の一撃を受け止めたのだ。

その一撃は真理ではなく、間違いなく背後の龍之介を狙っていた。

「燐音……」

拳圧と衝突の衝撃で煽《あお》られても龍之介は動じず、二人の戦いを見守っている。

「わたし達を災厄と定義し、排除しようとする悪《あ》しき世界に救いなど存在しない。一つの命をただそこに在る事だけで罪とする世界には、滅びこそが相応《ふさわ》しい。だろう?」

竜が、言葉を発する。

「やっぱあんた、あの子じゃないわ。龍之介先輩にこんな事をするはずがないもの」

真理は燐音と啀《いが》み合う仲ではあるが、龍之介を想《おも》う気持ちというのは同じだと信じている。故に理解できる。目の前にいるのは姿かたちこそ同じだが、中身が別物だと。

「あの子じゃないあんたが先輩に触る資格なんてねーっての……!」

龍之介を狙うのであれば、とにかく遠ざける必要があった。真理の心情的にも戦略的にも龍之介の生存はマストだ。しかし遠くにいては意味がない。結合魂魄術式の効力も薄まるから尚更《なおさら》だ。

故に戦場を定める。

地上ではなく、空へと。

「うっらぁ!」

真理は斧槍を回転させ、石突の側面で燐音の身体をかち上げた。

「……重ッ」

燐音の身体は物理法則を無視して質量が増大しており、みしり、と真理の骨が軋《きし》む。

「んのっ！」

真理は石突を蹴り上げて、その勢いで燐音の身体を浮かせた。

更にそのまま槍《やり》の穂先を地面に突き立て、支柱とし、反動を利用して浮いた燐音に突き上げるような蹴りを見舞った。

今度こそ燐音が上空に吹き飛ぶ。

だがその勢いに逆らわず、燐音は翼を広げて飛翔《ひしょう》した。

「これで……！」

真理は一対の翼を広げ、更にもう一対、合計四枚の翼を生成、燐音を追って飛び立つ。

結魂による因子強化と吸血による底上げのおかげでできる芸当だ。龍之介を抱えてここまで飛んで来られたのも、飛翔能力を無理やり上昇させたおかげである。

真理が燐音を追い越し、その頭上を取る。

それと同時に、燐音は右腕を真理に向ける。

籠手の先、砲塔に灯るのは黒い光。

その武装の名を、真理は知っていた。

「《ファフニール》⁉」

竜の黒光《ブレス》は天まで伸び、空を裂き。雲を切った。

「びっくりしたけど、こんな大技何度も――」

竜が飛翔し、真理と軸を合わせて顎《あぎと》のような形状になった巨大な砲塔を真理へと向け、照準を定める。

「何度も、なんだ？」

言葉と同時、顎に再び光が灯る。黒の光はその量を急速に増していく。

「二連射……⁉」

「オオオオオオオオオオオオオアアアアアアアアアアア！」

咆哮《ほうこう》と共に光線《ファフニール》が発射された。

黒の光が掠《かす》めて翼の一枚が焼け落ち、だが命中はせずに光は背後へ駆け抜けていく。

真理の背後、遥《はる》か彼方《かなた》に聳《そび》える山に黒の光がぶつかる。

「え？」

閃光《せんこう》、衝撃、轟音《ごうおん》、それらが順番に起こった。

凄《すさ》まじい爆発が山の半分程を消し飛ばし、木々をなぎ倒し、地響きと共に爆煙が上がり、衝撃と突風で真理が空中でバランスを崩す。

「なんつーバ火力……！」

これこそが暴走状態で際限なく熱を放出し続ける竜臓の力。

だがまだ燐音の攻撃は続く。籠手を突き上げ、黒い光線を空に向かって打ち上げる。

「三連射……いえ、違う……！」

一度燐音と戦った真理だからこそわかる。あれは光線《ファフニール》ではなく、剣《グラム》なのだと。

山を吹き飛ばした光線の余剰熱量によって形成された、長さにして一〇〇メートルを超える黒い光の剣、あまりにも大きすぎるそれを燐音は振り下ろす。

こんなものを受けられるはずもなく、真理は真横に回避して光剣の軌道から外れ、眼下にいる龍之介のほんの数メートル横の地面を、黒い剣が焼き焦がしていった。

「だい――」

「大丈夫だ！」

龍之介は動かない。目は真《ま》っ直《す》ぐにこちらを見上げて。そこに不安や怯《おび》えはない。ただぐっと拳を握り、爪が食い込んで血が溢《あふ》れている。

彼は真理に助力を請《こ》い、任せたと言った。だが今この瞬間己の無力さと情けなさを感じているのは、間違いなく龍之介であった。彼もまた戦っていた。

あれだけの大技を二発と一本を使ってようやく竜の籠手から光が消え、排熱をする。

それにしても――

「ズルい《チート》にも程がある」

そう真理は空中を旋回しながら悪態をつく。

飛行能力も大概だが、何よりあの範囲攻撃だ。非暴走時は竜臓が生成する熱を撃ち出しているのだろう。身体の冷却も兼ねる為《ため》、本来はこうまで連発できないはずだし、公園で戦った時は溜《た》めもあった。

だが今は暴走の影響で竜臓が生みだす熱量に上限がない。故にほぼ溜めなしで連射可能で、撃ち出した後の余剰熱量も利用している。

更にこの威力。山の頭が吹き飛ぶ程のエネルギーを地面に向けさせる訳にはいかない。

龍之介が巻き込まれてしまうからだ。

故に飛行能力で上回る相手に、常に頭上を取り続けるしかない。

ただでさえ力負けしている相手に、不利な状況下での戦闘。

「でも、泣き言は言わない」

真理は、約束を守る女だ。

任せろと言ったのだから、絶対に遂行する。

幻想少女の暴走は概《おお》ね三段階に分けられる。第一段階が形態固定。自らの意思とは無関係に幻想因子の特徴が常に発現し続けるのが第一段階だ。

第二段階として理性の喪失。現在の燐音がこの段階だ。

己の内から湧き上がる感情を制御できなくなり、理性が喪失する。

そして、第三段階として最終的に幻想少女は災厄《あくま》と化す。その被害は因子によって様々であるが、《竜《ドラゴン》》の因子の場合は至極シンプル。竜臓の臨界によってもたらされる大規模な破壊だ。

それは許容できない。

「だからここで止めるわ。あいつを」

真理は飛び込んで叩《たた》きつけるように斧を振り下ろす。

真理の振り下ろした斧が籠手に深く食い込んだ。籠手の排熱機能が破壊され、《グラム》も《ファフニール》も一時的に機能停止する。

竜に近付くだけで、身体から発せられる熱に肌が焼かれ、その度に皮膚が再生する。近くにいるだけで身が焼かれる程の熱にも、真理は顔色一つ変えない。

幾度目かの激突の後、二人は抱き合うように回転しながら地面へと落下していく。

墜落の瞬間に二人は宙空で弾《はじ》け飛ぶように離れ、それぞれ着地する。

「諦めろ吸血鬼。貴様とて滅びを欲《ほっ》してるはずだ。そこをどけ」

「マリーは欲張りだけど、滅びなんていらねーわよ」

「同類でありながら何故《なぜ》滅びに抗《あらが》う。〝私〟達に死ぬべきという世界があるのなら、〝わたし〟達はそれを滅ぼす。それは単なる防衛本能、原始的闘争だ」

「あーはいはい。私らの中の悪魔ってみんなそんなラスボスみたいな事言い出すわけ？　なんで龍之介先輩殺そうとすんのよ」

「枷《かせ》だ」

「枷？」

「〝私〟にとって、あの男は枷。箍《たが》。未練。〝私〟があれを愛し、あれが生きている限り、〝わたし〟の滅びは訪れない。〝私〟の為に世界を滅ぼす。だから、ころ、殺し……」

「あんた……」

竜の眼《め》から涙が溢れていた。

涙は溢れた先から彼女の熱《いかり》で蒸発していく。

「涙、だと……？」

驚いた顔で乾いた涙の跡を竜が拭う。

——そうだよね。

真理は想う。

――幻想少女達《わたし》ってそういう生き物だもんね。

生まれを呪い、世界を呪い、己の運命を呪い、そんな自分自身すら呪わずにいられないのが幻想少女という存在なのだと。

――だって。

だから。

「――どうしようもなく、私達とは真逆だから。あの人を好きになったんだもんね……」

真理は燐音にそう語りかける。あるいは、自分に言い聞かせるように。

決して交わらぬ少年と少女達。

それ故に惹《ひ》かれてしまった。

決して相容《あいい》れぬ竜と吸血鬼《ふたり》。

だからこそ理解できてしまう。

燐音の恋心に共感できてしまう。

「でもね、燐音」

理解でき、共感できてしまうからこそ、苛立《いらだ》つ。

どこまでも愚かな同族嫌悪《けんお》。

「そんな世界で生きてるのもあの人なんだよ」

諭すように、諌《いさ》めるように。

彼女に共感できるからこそ、彼女のやっている事が間違っていると断言できる。

「惚《ほ》れた男に合わせるくらいの甲斐性《かいしょう》見せろ！　この、馬鹿！」

真理は《血塗れ令嬢《カーミラ》》を解除し、後方へ大きく跳躍した。

勝負を決する為に。

この女は、この馬鹿は、救わないとだめだ。だけどそれは真理の役目ではないし、真理ではできない事、だから自分はただお膳立てをこなす、完璧に。そう真理は思う。

「《血の王《ノスフェラトゥ》》全解放！」

彼女の因子礼装《ヴァルキュリアドレス》、《死なずの頂《ノー・ライフ・クイーン》》に搭載されている血液操作補助、強化の因子兵装《レギンレイヴ》《血の王《ノスフェラトゥ》》のリミッターを音声認識で解除する。

因子の能力はそう何度も使えない。能力を使用すれば相応の因子を消費するし、戦闘時は常に消耗し続ける。そしてリミッターを一度解除してしまうと出力が跳ね上がる代わりに燃費が非常に悪くなり、すぐにガス欠で戦闘不能になってしまう為、できるだけ使わずにいたかった機能である。

真理も、そして恐らく燐音自身ももうあまり時間が残されていない。ここで決める。

リミッター解除状態でのみ使用できる大技。

刃が燐音の周囲に展開された。

鎌、剣、斧《おの》、ギロチン、様々な真紅の凶器が宙に浮かぶ。

燐音の意識外からの奇襲、竜を閉じ込める檻《おり》、不可避の全方位攻撃。

「──!?」

その空間の名は──

「《残虐劇場《グランギニョル》》！」

大気を裂く甲高い音を上げて、凶器が一斉に回転を始めた。

戦車の装甲すらも引き裂く血の刃の撹拌機《かくはん》が、10000rpmの回転数で一斉に燐音へと踊るように襲いかかる。

真理の考えとしては至ってシンプルだ、首と胴が繋《つな》がっていれば《竜《ドラゴン》》の再生力で死ぬ事はないのだから、それ以外を削《そ》ぎ落としてしまえばいい。

《吸血鬼《ヴァンパイア》》の幻想少女、涙・ヴラド・真理の渾身《こんしん》の大技が決まった。

回転による負荷で血の刃の群れは崩壊し、すぐ前方すら見通せぬ程の濃い血煙となる。

総合的な戦闘能力で言えば、《吸血鬼《ヴァンパイア》》の因子は全因子の中でも上位。

更に歴代でも最高レベルである涙・ヴラド・真理の持つ天賦の才、そして文字通り血を吐くほどの訓練の末に裏打ちされた自信。

その彼女をして、こう言わしめる。

「化け物……ッ！」

血煙の中から、悠然と竜が歩みを進める。

「それで……終わりか？」

飛膜はズタボロになっているが、その身体《からだ》には傷らしい傷はほとんど付いていない。

翼で自身を包むようにして身を守ったのだ。

飛行能力は奪ったが、未《いま》だ健在。

「あれが有効打にならないって、硬くなりすぎでしょ……」

大技を凌《しの》がれた。

真理は肩を落とし、息を吐く。リミッター解除と大技の使用で限界が近い。

最早《もはや》打つ手はない──

「できれば使いたくなかったんだけど……！」

──はずがない。

真理は腕を伸ばし、掌《てのひら》を天に向けるように五指を広げる。

正真正銘、最後の一撃、残った力を振り絞って放つ、奥の手。

「《鮮血王女《ブラッディ・マリー》》」

　真理が五指を勢いよく閉じる。

　しかし、何も起きない。

　血の杭《くい》も、血の刃も、何一つ現象が起きない。

　ただ一つ起こった現象は──

「かふっ」

　燐音が突然吐血した事だけだ。

「……な、に……？」

　口から出る血を手で押さえ、竜はその手についた血を不思議そうに眺めている。

「何されたのかわからないでしょ」

　リミッター解除の大技二連発、因子能力の過剰使用により真理の礼装《ドレス》が強制的に解除され、制服姿へと戻った。

　勝負は《残虐劇場《グランギニョル》》を発動させた時点で決していた。

《鮮血王女《ブラッディ・マリー》》。

リミッター解除状態でのみ使用できる《残虐劇場《グランギニョル》》の二の矢。

《残虐劇場《グランギニョル》》の崩壊によって生じた大量の血液を吸い込んだ対象の体内で、その血煙を硬質化、何本もの錐《きり》状に変化させて伸ばし、内部から破壊したのである。

「外側が硬すぎんなら……内側から崩せばいい。簡単な、話よ……脳筋ゴリ押しの悪魔《あんた》じゃなくて戦上手な燐音《あのこ》なら……これみよがしに撒《ま》かれた血を吸い込むなんて事はしなかったでしょうけどね……」

足はふらつき、目は虚《うつ》ろで、疲労困憊《ひろうこんぱい》の真理だったが、彼女は不敵に笑った。

表皮に《残虐劇場《グランギニョル》》が効かずとも、内臓ならば傷つけられると真理は踏んでいたのだ。

燐音の動きが止まり、片膝を地面につけた。

「身体が、動かない、だと……？」

燐音が困惑した声を出す。

真理の狙いは竜臓。

竜臓が爆発すると言っても竜臓内部の反応によるものであって、物理的衝撃を与えても風船を針で突いたように破裂するわけではない。

《竜《ドラゴン》》の最も重要な器官が損傷すれば、それを修復する為《ため》にその他のリソースを全て費やす事になる。それは一時的な戦闘不能を意味する。

真理の狙いは、そこにこそあった。

「後は任せましたよ……先、輩……」

リミッター解除で、体力と因子を使い果たした真理が、意識を失い地面に倒れる。

「ああ」

「任せろ……！」

同時、少年が駆け出していた。

◆

ようやく、ようやくだ。

ようやく自分の番が来た。そう思って少年は走る。

真理が負けるだの、しくじるだの、そんな事は全く考えなかった。

彼女は任せろと言って、約束を果たしたのだ。

ならば今度は自分の番だ。

何もできず、忸怩《じくじ》たる思いで真理を戦わせていた事が本当に情けなかった。悔しさで噛《か》み締めた奥歯に罅《ひび》が入っていた。

「燐音！」

片膝をつき、動けない少女に向かって走りながら龍之介は竜の名を呼ぶ。

彼女の周囲に陽炎《かげろう》が立ち昇り、阻《はば》むように熱風が龍之介を打ち付け、近付く度に文字通り肌が焼けていく。

(この熱の中で戦ってたのか、マリーは！　そんで、この熱の中心に燐音がいる……！)

肌を焼くような熱気に当てられながらも、龍之介は近付いていく。近付く度に目が乾き、肌が火傷《やけど》し、結合魂魄《こんぱく》術式で得た吸血鬼の再生能力で火傷が癒えていく。

やる事はシンプル。《罪印《サイン》》に触れ、結合魂魄術式を交わし、再度暴走を停止させる。

それこそが龍之介の狙い。

あと一歩。ほんの少し。

龍之介の《聖印《リング》》が光を発し、光は左腕を覆う。

赤く輝く罪の印に手を伸ばす。

「ぐっ、あっづぁあああぁぁぁぁぁあああぁぁぁぁぁああああああ！」

熱が《吸血鬼《ヴァンパイア》》の再生力を上回った。

皮膚が爛《ただ》れる、筋肉が焦げる、骨が燃える、神経が焼ける。

だが《聖印《リング》》の光によって左手は形を保っている。《聖印《リング》》は光を放ち続けている。

熱い、痛い、逃げたい、投げ出したい、気が狂いそうだった。でも今手を引っ込めたら全てが無になる。熱くても痛くても逃げたくても投げ出したくても、今は我慢した。

痛みで意識が遠のき、痛みで意識が戻される。気絶と気付けを短時間の内に繰り返し、龍之介の脳にも負担を与えている。

「痛ってえええええええええええええええええええええええ！」

龍之介が絶叫する。声を出さなければおかしくなりそうだった。

それでも手を伸ばし続ける。

しかし届かない。触れる事はできない。

龍之介の《聖印《リング》》と、燐音の《罪印《サイン》》の間に見えない壁でもあるように、まるで拒絶するかのようにそれ以上手を進める事ができないのだ。

目の前にいるというのに、こんなにも遠い。

《聖印《リング》》を持つ手を焼かれ、痛みの中で伝わってくる。

この熱は彼女の怒りだ。

燐音の内に眠る世界に対する怒り、不条理に対する怒りが燃えているのだ。

「わたしに、触れるな……！　殺す、殺してやる……！　お前だけは……わたしが！」

燐音の中の悪魔が拒絶する。悪魔を抑える《聖印《リング》》を持つ龍之介は謂《い》わば天敵。だがそれ以上に、彼の存在が滅びの枷《かせ》である以上は殺さなければならない相手であった。

「この状況ではいそうですかって止める奴《やつ》なんざいねえ！　シチュエーション考えろ！」

龍之介が拒否する。

「一つの存在をただ在るだけで罪と決め、死ぬべきだと断罪し、殺す世界に意味などあるのか⁉　お前はそれを肯定するのか⁉　私は何も悪くないのだから、わたしが壊すべきだ！　これはお前の為でもあるのだぞ！　こんなにもお前を愛しているというのに！　何故《なぜ》伝わらない！　わたしの、私の愛が！」

「手順を省こうとするな馬鹿野郎！　生だの死だの、そういう禅問答は中学で卒業しておけ！　やっぱお前は燐音じゃねえ！　何故なら燐音はそんな事言わねえからな！」

「〝私〟の為を想《おも》うなら！　死ね！　それだけだ！　わたしが望むものは！　ああそうだ！　わたしはお前が好きだ！　だから、死んで欲しい！　わたしはお前に、甘美な死を与えたいのだ！」

「愛だの好きだの言うくせに殺したいってどーゆー事だよ！　好きなら殺そうとすんじゃねえボケ！」

彼女の纏《まと》う熱とは裏腹に――

「なら、答えて」

──その声は、ぞっとするほど冷えていた。

「あの夜の、私の、問いかけに……聞いていないフリをしていた、あの問いに」

その言葉に、龍之介は痛みも忘れ、肩を震わせ生唾を飲み込んだ。

「……」

いつの夜の、何の問いかけなのか、彼女は言わないが龍之介はわかっていた。

あの夜、背中に燐音の体温を感じながら確かに聞いていた。

そして答えられなかった。何を言っても、彼女を傷つけてしまうと思ったから。本音も嘘《うそ》もつけなかった。

だから第三の選択肢を取った。聞かなかった事にしたのだ。

──死んだ方がいい人間って、いると思う？

存在自体が罪であり、毎日断頭台への道を歩む幻想少女という存在に対し、その問いかけに答えるだけの覚悟が、あの夜の龍之介は持ち合わせていなかった。

龍之介の弱さも全部燐音はわかっていたのだ。

「死んだほうがいい人間って、いると思いますか？」

あの夜からの、二度目の問い。

「死んだほうがいい人間は──」

いない。

何故なら命は全て平等で、価値は同じで、重さも一緒だからだ。

手を取り合おう。何故なら僕達は宇宙船地球号の仲間なんだから。


──そんなんじゃねえだろ！

救うのは世界ではない、彼女の心だ。彼女を救うついでに世界も救われるだけだ。

彼女を救うのはそんな言葉ではない。

ただ目の前の存在を揺さぶらなければ、目の前の存在に届かなければ意味がない。

だから、叫ぶ。

息を吸うたびに肺が焼け付きそうで、口の中はカラカラで、声なんか届かなそうで。

けれど、逃げていた選択を叫ぶ。

「──いる！」

それは紛れもない本音で、普通の人間であれば隠したほうがいい言葉だ。

だが今ここにおいては、嘘や取り繕い、おためごかしは無しだ。

痛いほどに、苦しいほどに、狂おしいほどに熱としてこの竜の世界に対して溜《た》め込んだ怒りが伝わる。どれほどの絶望だっただろうか、どれほどの苦痛だったのだろうか。

ならば少年は、少女の救いになるべきなのだと思った。

「世の中には死ぬべき奴、死んだほうがいい奴、死んだほうが世の中の為になる奴がいる！　どうしようもない人間っていうのは、悲しい事だが、存在する！」

命は全て平等ではなく、人によって価値は違うし、命の重さは偏っている。

「命の重さも価値も、人によって全然違う！　みんなそんな事わかってっけど、言わねえだけだ！　おためごかしで気ぃ使って、耳触りの良《い》い言葉で飾って、他人の目を気にして！　でもそれが本当だって大多数は理解してる！　だってそういう奴は大多数の人にとってどうでもいい奴だから！　他人だから！　いなくなっても構わないから！」

例えばそう、世界を滅ぼす力を持つ少女。

「だけど！」

しかし、それでも、さりとて。

「それは燐音、少なくとも俺にとってはお前じゃねえよ！」

竜が小さな肩をビクリと震わせた。

慣れない叫びで声が裏返る。熱で喉が渇いて裂けて血が出る。

それでも少年は止まらない。

たとえ少女が世界を滅ぼす災厄だとしても、少年にとってはもう他の誰かではなくなっているのだから。

結合魂魄術式は互いの同意が必須。だが理性を失った燐音とは意思疎通ができず、同意をする事ができない。

しかし彼は信じている。理屈ではない、ただ青臭い信頼感だけで、だ。

「お前は別だ！　燐音みたいな奴が死んでいいはずがない！　強くて綺麗《きれい》で可愛《かわい》くて、少し抜けてるけどそこも長所で！　緊張しいで強引で！　傲慢で尊大で、誰かのために命張れて、そういう〝人間〟なんだって俺はもう知っちまった！」

短い時間の中で、燐音という存在は龍之介にとって最早《もはや》なくてはならない存在へと変わっていた。

「だから！　俺は！」

人の仕事をやってやった、いじめられていたから庇《かば》ってやった、貧血を起こした相手を保健室に連れていってやった、荷物が重そうだから持つのを手伝ってやった。

龍之介にとっては、世界を救っただの、命を救っただのというのは、それらの行いと等価値なのだ。

だからといって、世界や命の価値が低いわけではない。

他人から見れば取るに足らない人助けも、世界や命を救う事も等しく尊い行いなのだと、彼は信じている。

これはただの、彼にとっての日常。

知らないのに聞いた事のある声、見た事ないのに覚えている景色。

自分の中の使命感は、きっとこの日の為《ため》に。

「お前を！」

少年が叫び、竜が手を伸ばした。

◆

好き。

それは正真正銘少女の感情。

だから悪魔は少年を殺す。

好きだから殺す、愛してるから殺す、この世界で彼が生きている事自体が不幸なのだ。

彼の幸せを想えば、死こそが救済であるのは明白である。

悪魔と少女は表と裏、悪魔が少年を殺すのは少女の為である。

――殺したいわけない。

こんなにも好きだから、愛しているから。

目が好き、だから殺す。手が好き、だから殺す。声が好き、だから殺す。

匂いが好き、だから殺す。顔が好き、だから殺す。唇が好き、だから殺す。

料理が上手なところが好き、だから殺す。誰にでも優しいところが好き、だから殺す。

助けてくれたから好き、だから殺す。優しくしてくれたから好き、だから殺す。

体温が、笑顔が、彼を構成する全てが、彼の一挙手一投足が、髪から爪の先まで好き。

だから殺す。自らを死んだほうがいいとするような世界に彼をいさせられない。

――一緒に生きていたい。

欠点だって美点に見える。好意と恋と愛の違いがわからないけど、少女が少年の事が好きなのだという気持ちだけは絶対的真実だ。

こんなにも素敵で、大好きだから、殺す。この間違った世界から救い出す。

それが悪魔《かのじょ》の決定。

「だから！　俺は！」

少年が叫んでいる。無駄だというのに、届かぬというのに。

声も手も、少女には決して届く事はない。

少女は絶対に応える事はできない、しない、奇跡は起きない、確率は０％、不可能、絶対、確実、決定的。

幻想少女のシステムにより決まっている。理性を失っているのに、どうして応える事ができようか。

少年を殺し、世界を滅ぼす。これでこの物語は終わりだ。

幻想少女がこの星に初めて出現して以来、所謂《いわゆる》暴走進度第二段階まで進んだ幻想少女が救われた例は今までたった一度たりともない。前例がない、故に逆転はない。

世界を滅ぼす力を持つ悪《あ》しき存在、人類に害なす災厄、そんな彼女が救われる事はありえない。

「お前を！」

悪魔が、少年に手を伸ばす。だがそれは少年の声に応える為ではない。

少年を殺す為に手を伸ばしたのだ。

「救う──」

少年の声は、骨肉が灼《や》ける音でかき消された。

伸ばした腕に装着された籠手から発射された熱線が、少年の上半身を吹き飛ばした。

「愚かな男だ」

悪魔が嘲る。

肉が燃える音、髪が焼ける匂い。少年の上半身は灰となった。

唯一残った下半身の傷口は、焼けて出血すら起きない。

「こうして死んでしまっては、何の意味もないというのに」

避けようがない一撃。耐えようがない攻撃。

枷《かせ》は外れ、箍《たが》は外れ。未練は断たれ、望みは絶たれた。故に世界は滅ぶ。

奇跡など、起きようはずがない。

であれば、これより起きるのは全て必然である。

「何……？」

悪魔は異変に気付く。

少年だったモノの傷口に、炎が燃え上がった。

炎は羽根のように舞い散り、灰となったはずの上半身が、再構築されていく。そしてその背後に炎が一瞬だけ翼のように広がり、散った。

そうして出来上がるのは、無傷の少年だ。

「吸血鬼と繋《つな》がっていようと、このような真似《まね》ができるはずがない……このような再生はありえない……」

少年の身に起こっているのは吸血鬼の再生プロセスではない。

第三因子《ドラゴン》や第五因子《ヴァンパイア》は強力な生命力、免疫力、再生能力を持つが、不死身ではない。上半身を吹き飛ばされれば確実に死に至る。

だが目の前の少年はどうだ。

それは不死身と表現する以外にない。

「ありえない、ありえない……ありえない！　これでは！　これではまるで――」

燃え尽きた灰の中から蘇《よみがえ》り、死して尚羽撃《なおはばた》くその姿、死をも超越する力、幻想が生み出した生物。

その姿はまるで、第四の――

「……」

少年は虚《うつ》ろな目でただ少女を見ている。

少女は、いや少女の中の悪魔は初めて憤怒《ふんぬ》以外の感情を表に出した。

恐怖だ。

「まさか……竜と契《ちぎ》りを結ぶよりも、以前に――」

少年の瞳に光が戻る。

「――救《たす》けにきたぞ、燐音！」

あり得ざる事態に少女の中の悪魔が揺らぐ、その一瞬を突いて少女の身体が動いた。

少年の手を取り、そのまま強引に自身の胸に浮かぶ罪の印に押し当てる。

「私に、触れる事を赦《ゆる》します。龍之介」

届かないはずの手が、届いた。

◆

――私の分まで、たくさんの人を助けてあげてね。

記憶にない、誰かの声が耳に響く。

記憶にない、何処《どこ》かの景色が脳裏に瞬《またた》く。

この声が聞こえる限り、彼は誰かを助けるのだろう。

たとえ命を失うとしても。

そして少年は告げる、彼だけの誓いの言葉を。

「病める時、健やかなる時、喜びの時、悲しみの時、富める時、貧しい時――」

少年は唱える、魂を結びつける言葉を。

「──たとえ世界が敵になろうと、俺だけは味方でいよう！　だから生き続ける事を！」

『やめろ……！』

少年は願う。竜の少女に。

「此処《ここ》に！」

『やめろ！』

故に叫ぶ。

「誓え！」

『やめろ！』

故に手を伸ばす。

「──誓います！」

燐音が龍之介の声に応えた。

「燐音……！」

「龍之介！」

《罪印《サイン》》の光が割れ、砕け、《聖印《リング》》の光が粒となり、飛沫《ひまつ》となる。
飛沫は波濤《はとう》となり、燐音の罪をのみ込んでいく。
『やめろ、やめろおおおおおおおおおおおおおおおお！』
悪魔の声が聞こえる。
ずっと聞こえていた悪魔の声がだんだんと小さくなっていく。
燐音の《罪印《サイン》》が完全に砕けて消え、左手薬指に光の環《わ》——《聖印《リング》》が灯《とも》った。
結合魂魄《こんぱく》術式が完成する。
以前のように、悪魔を抑える為のではない。
悪魔を消し去る為の魂の結びつきが完了した。
今この時点で、少女と世界は救われたのだ。
竜の翼が、角が、尻尾が、兵装が崩れるように、剝がれるように消え去る。
そして結魂の光が収まった燐音は、よろめく龍之介を抱き止めた。
「ありがとう、燐音。戻ってきてくれて」
「ありがとう、龍之介。私を助けてくれて」
彼女の身体《からだ》の熱は消え失《う》せ、今は心の熱が滾《たぎ》っていた。
一日ずつ、一時間ずつ、一分ずつ、一秒ずつ、少女は少年を好きになる。

これまでも、きっとこれからも。

竜は人に抱擁する。

己の愛を表現するために。

「あだだだ、痛い痛い」

笑いながら少年は抱擁を返す。

彼女の愛は強すぎて、きっと彼には全部伝わらない。

だから今は、これくらいでいい。

いつかきっと、この愛が全部伝わると信じて。

「……」

龍之介は沈黙したままだ。

「あれっ、龍之介？」

「……」

見れば、龍之介は白目を剝《む》いて、口から涎《よだれ》を垂らしながら気絶していた。

神経を削る状況、肉体的なダメージ、そこからの生還、緊張感から解放されたところにとどめで鯖折《さばお》りを喰《く》らい、意識が飛んでしまったのである。

「え⁉　龍之介⁉　わー！」

だら〜ん、と腕を伸ばして全身がイカのようになった龍之介を抱えながら、燐音は狼狽《うろた》えて助けを求める。

「何よ……うっさいわね、バカトカげぇぇぇ!?　龍之介先輩!?　し、死んでる!?」

力尽きて倒れていた真理が目を覚まし、起き上がり、ぷらぷら脱力している龍之介を発見して狼狽《ろうばい》する。

「どどどどど、どうしましょう!?」

「どうってあんた、どうしよう!?」

世界が滅びようとしていたのなんて嘘《うそ》だったかのように、夕陽《ゆうひ》は空に落ちていく。

エピローグ　断頭台ブーケトス

「《黄昏終焉現象《ラグナロク》》の消失を確認、第三因子の暴走進度最終段階による破壊は認められず、第二段階で災厄化を未然に防いだ模様」

「そう。滅びは回避されたのですね——残念です。《ロキ》の〝成果物〟は?」

「データは都度提出されていたが、如何《いかん》せん奴《やつ》の残した《人工聖印《アーティファクト》》の理論についてはブラックボックスな部分が多い、解読にはやはり……」

「それは仕方ありませんね。我々と《ロキ》は協力関係ではありましたが、同志ではない。彼程の人材を失ったのは大きな損失ではありますが、得たものも大きかった。叡智《えいち》と正気はトレードオフ、我々に狂気は必要ありません。別のアプローチを模索しましょう」

「《特災研》と《オーダー》に関してはどうする?」

「現状維持で構いません。彼らにはまだ到達できないでしょうから」

「《聖印《リング》》は?」

「特異点に関しても同様です。彼女達の断頭台への道はまだ続いている」

「了解。我が世の春に祝福あれ」

「ええ、我が世の春に祝福あれ」

◆

「そうして世界は救われた」

見舞いの花束《ブーケ》をやや乱暴に投げ渡しながら、そう蘭子《らんこ》は言った。

「だが現実にはエンドロールが流れるわけでもファンファーレが鳴るわけでもない。待っているのは地味で膨大な事後処理さ。異常な天候現象、吹き飛んだ山の一部や研究所の世間に対する情報操作、壊れた研究所を放棄するか否《いな》かの会議を含め厄介な話だけが残っている。が――この辺りは大人の仕事。学生が出る幕はない」

「会長も学生じゃないですか」

「そうとも。だから私も今は割と暇なんだ」

清潔なベッドの上で、龍之介《りゅうのすけ》は花束を抱えながら蘭子からその後の顛末《てんまつ》を聞いていた。

ここは九重《ここのえ》市内にあるとある病院の一室。

まるでホテルのような内装になった、特別療養環境室と呼ばれる部屋だ。《特災研》が手配してくれたらしい。

世界滅亡の危機から、早三日経《た》っていた。

燐音《りんね》を救ってから気絶してしまい、それから丸々三日も眠り続けていたのだ。

地下研究所の一部施設が燐音の暴走によって破壊されてしまい、医療設備が万全でなかった為《ため》に急遽《きゅうきょ》市内の病院に搬送された。

そして目が覚めたのが今である。

見舞いに来ていた蘭子が、龍之介に顔を近づけて眺めていたところで目を覚ましたのだ。

「特に後遺症等もないみたいだ。大した怪我《けが》がなくてよかった」

「そうですね、本当に」

「多分、なのだが。《竜《ドラゴン》》と《吸血鬼《ヴァンパイア》》、再生能力の高い二つの因子と結魂した影響……なのだろうか？　確証はないが。まあ外傷はほとんど残ってないから安心したまえ。今のところ複数の因子と結魂した悪影響もなさそうだ」

「でも記憶が朧《おぼろ》気《げ》で……暴走した燐音に近づいたところまでは覚えてるんですが……研究所結構大変な事になってるみたいでしたけど、会長は怪我とかはなかったんですか？」

「ああ、怪我一つない。この通りピンピンしてる。といっても私も報告書を書くのに難儀する程当時の記憶はかなり曖昧でね、気が付いたら君と同じようにベッドの上さ」

「良かったですよ、なんとかなって。ああいうのを奇跡って言うんでしょうね」

「ううん、違うよ」

蘭子が首を横に振った。

「あれは決して奇跡などではない」

「え？」

「敷地内の監視カメラの映像データからだが、ある程度当時の状況は把握できた。そこから私なりに、今回の事象における、最重要のファクターを導き出した」

「……なんです？」

「至極単純な話さ——愛だよ」

「愛～？」

胡散臭《うさんくさ》そうに龍之介は眉をひそめる。

「チープすぎるというか……非科学的すぎませんか。所詮脳内物質と電気信号が引き起こす現象を感傷的に呼んでるだけですよねえ」

「私みたいな事を言うな……これはそう都合のいい話でもない。《聖印《リング》》と幻想少女の基本的なシステムに則《のっと》っている。人の感情が魂に大きく作用するというのは、幻想因子学では基本的な事。暴走し、理性を失っても尚太宰《なおだざい》少年を想《おも》い続ける燐音の魂が、魂と魂を結びつける《聖印《リング》》に応え、最後の最後で己の中の悪魔に打ち勝った。それが私の結論さ」

「つまり、最後は根性論だった、と？」

「平たく言えばそうなる。精神を強く保つというのはとても重要な要素だからね。燐音の太宰少年に対する想いの強さ、そして太宰少年が諦めずに燐音に手を伸ばし続け、声を掛け続けたからこそこの結末になった。故にこれは奇跡などではなく、二人の想いの強さによる当然の結果が出力されただけの話。それを一言で表すと——」

「愛だ、と」

蘭子は小さく頷《うなず》いた。

「研究所の人達ってどうなったんですか？　それこそ怪我とか」

「幸い、第三種アラートと隔壁閉鎖のおかげで職員の怪我人はいなかったよ」

「よかったです。それで、ですね。俺と燐音って安全性を示す為に一緒に暮らしていたわけじゃないですか、でも燐音は暴走しちゃったわけですから、俺と燐音はその……死刑になっちゃったりするんですか？」

「まさか、そんなわけないだろう」

言って、蘭子は笑った。

「今回の暴走事件で子守竜計画及び伊良子《いらこ》燐音、太宰龍之介両名に対する処罰はない。今回の責任は、内通者の存在を警戒するように再三の申し立てがあったにもかかわらず炙《あぶ》り出せなかった所長と対策部にあるとして、暴走による被害や危険性等へは枢機会議から子守竜計画と研究部に言及される事はない」

龍之介はほっと胸をなでおろした。

「逆に、今回の一件で太宰龍之介が保有する《聖印《リング》》の有用性を証明したとして計画の継続が言い渡された。そして、それだけじゃあない」

「なんです？」

「燐音のアストラル受容体から、《終末誘発悪性因子《ヘイムダル》》の消滅を確認した」

「……するってーと？」

「彼女の中の悪魔が、完全に消滅したんだ」

「……つまり？」

「彼女は二度と暴走する事はなくなった、という事だ。幻想因子自体はまだ残っているから、普通の女の子に戻ったってわけじゃないけどね」

「そう、ですか……そりゃあ……よかった――――……」

安堵《あんど》と歓喜の混じった息を龍之介は肺腑《はいふ》から吐き出した。

「会長、俺やりたい事ができました」

「幻想少女の中にいる悪魔を全部消して、普通に生きてられるようにしたいです」

「なんだ？」

「……ああ、私も……私もそのつもりだ」

神妙な面持ちで、蘭子は龍之介を見る。

「あ、あの、だな……太宰少年」

「なんですか？」

蘭子は何故《なぜ》か普段の不遜な様子がなく、何故か頰を赤らめ、何故かもじもじしている。

「私はね、その……今回の件、ひっじょ――に君に感謝していると同時に申し訳なく思っているし、まあ……なんだ、色々と思うところがあるわけだよ。責任者として」

「いやいや、別にいいですよ。俺と会長の仲じゃないっすか」

「君の功績は本当に大きい、褒賞《ほうしょう》が出る事は間違いない」

「あ、それは普通に嬉《うれ》しいですね……」

「それとは別に……なんだけど、私個人からも感謝の気持ちを用意しているんだ」

「なんすか、貰《もら》えるものなら貰いますよ」

「そ、そう？　いらないとかなしだからね？　じゃあ、ちょっと失礼するよ」

蘭子はおもむろに龍之介の顎を指でクイと持ち上げ、そのまま唇と唇を重ね合わせた。

静かな病室で、机の上に置いてある時計が時を刻む音だけが響いている。

どれほどの時間が経っただろうか、蘭子が唇を離した。

「頑張ったね」

その顔は真っ赤になっている。

「君の願いを遂げる為にも、君は死んではいけない。だからその、頑張り給《たま》え。以上」

そう言うと、蘭子は龍之介の言葉も待たず耳まで赤くして、恥ずかしそうにそそくさと病室の扉を開けて出ていってしまった。

何の反応もできず、ただでさえ病み上がりで不意打ちをされた為に龍之介は思考が真っ白になり、病室に一人取り残される。

「……ん？」

我に返り、ふと違和を感じ、己の手を見る。

左手の薬指に、光の環《わ》が灯《とも》っていた。

あとがき

初めましての方は初めまして、お久しぶりの方はお久しぶりです、紫大悟《むらさきだいご》です。

新作です。『断頭台《だんとうだい》の花嫁《はなよめ》』です。なんだか物騒なワードが入っていますが、内容は女の子がいっぱい出てきててんやわんやな感じのお話になっています。是非今後ともよろしくお願いします。

おいおい紫さんよと、『魔王《まおう》2099』はどうしたんだよと、もしかしたらそんな事を思っていらっしゃる方もおられるでしょうが、ご安心くださいというかごめんなさいというか、『魔王2099』の続きも書いております。あちらも引き続きよろしくお願いします。

最近日記を書き始めました。

学生の頃はテキストサイトや日記サイトをやっていた事もあって、こういうのも書くの好きなんですよね。書くことがないので直近の日記の一部を抜粋してお茶を濁します。

○月△日　歯医者歯医者歯医者痛い痛い痛い。
○月□日　寝てた。何も思い出せない。

これもう後数日したら日記書かなくなるやつですね。


最後に。

イラストレーターのかやはら様、美麗で可憐《かれん》なイラストをありがとうございます。デザインしていただいたもの全部好きですが、会長の眠そうな感じが特に好きです。へへっ！

担当編集者様、いつもお世話になっております。また飯食いにいきましょう。

そしてこの本を手に取ってくださった貴方様《あなたさま》。時間を割いて読んでいただく、これ以上に贅沢《ぜいたく》な話がありますでしょうか。そんな事を考えてしまうわけです。ありがとうございます。

本当は「紫ちゃん！　本面白かったよ！」「さんきゅー！」くらいの距離感でいきたいのですが、どうしてもなんかこう硬さが取れません。

それではまたどこかでお会いしましょう。

紫大悟

お便りはこちらまで
〒一〇二−八一七七
ファンタジア文庫編集部気付
紫大悟（様）宛
かやはら（様）宛

富士見ファンタジア文庫

断頭台《だんとうだい》の花嫁《はなよめ》
世界《せかい》を滅《ほろ》ぼすふつつかな竜姫《わたし》ですが。

令和４年９月20日　初版発行

著者――紫《むらさき》　大悟《だいご》

発行者――青柳昌行

発　行――株式会社KADOKAWA
〒102-8177
東京都千代田区富士見2-13-3
0570-002-301（ナビダイヤル）

印刷所――株式会社暁印刷

製本所――本間製本株式会社

ISBN978-4-04-074654-8 C0193　◇◇◇

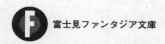

切り拓け！キミだけの王道
ファンタジア大賞
原稿募集中！
賞金
《大賞》300万円
《金賞》50万円 《銀賞》30万円
選考委員
細音啓 「キミと僕の最後の戦場、あるいは世界が始まる聖戦」
橘公司 「デート・ア・ライブ」
羊太郎 「ロクでなし魔術講師と禁忌教典《アカシックレコード》」
ファンタジア文庫編集長
前期締切 8月末日
後期締切 2月末日
公式サイトはこちら！ https://www.fantasiataisho.com/
イラスト／つなこ 猫鍋蒼 三嶋くろね